D1671105

DÖRLEMANN

Monika Goetsch

Grüne Witwe

Roman

DÖRLEMANN

Als Susi anrief, sah ich alles vor mir: den See, den Campingplatz, den Wald.

Jetzt bin ich hier.

Ernas Wagen ist schlicht, das Bettsofa nachgiebig und schmal, der Kühlschrank laut. Ein Tisch, zwei Herdplatten, ein Wasserkocher. Mit Holzimitat verkleidete Wände. Die Strohblumengestecke vor den Fenstern stören mich. Ich will, dass es ein bisschen heller ist. Frau Köhler zuckt mit den Achseln.

– Wenn Ihnen was nicht gefällt: Packen Sie's weg. Sie zahlen ja dafür.

Frau Köhler wohnt in dem himmelblauen Wagen neben mir. Fünfzehn Euro verlangt sie pro Nacht, Bettzeug, Handtücher und Frühstück inklusive. Die Gestecke entsorge ich auf dem Kompost hinter dem flachen Gemeinschaftshaus. Am Schwarzen Brett hängen Vereinstermine auf zitronengelbem, mit Reißzwecken befestigtem Papier. Wasser und Elektrizität, heißt es, würden am 20. Oktober abgestellt, die Müllcontainer am selben Tag zum letzten Mal geleert. Es ist Mitte September. Bis Oktober bleibe ich nicht. Ich weiß nicht, wie lange ich es

aushalte. Bis gestern hätte ich gesagt: Keinen
Tag.

~

Die Duschen befinden sich in einem Flachbau
auf dem Hügel. Das Wasser erwärmt sich nur
langsam, ein schwacher, lauwarmer Strahl rinnt
mir übers Gesicht. Mit dem Schrubber kehre ich
die verklebten Haarbüschel zusammen und
schiebe alles ins Abflussgitter. Ich will keine
Spuren hinterlassen. Frau Köhler hat gesagt, wir
seien die einzigen Bewohner auf dem Platz.

– Spätsaison, ein Wochentag, wer hat da
schon Zeit und Lust, zu campen.

Mit nassen Haaren gehe ich den Hügel zu
Ernas Wagen hinunter. Frau Köhler reicht mir
eine Blümchentasse mit geschwungenem Henkel
und gießt Kaffee ein, dazu Büchsenmilch und Zucker. Ich sitze auf der Treppenstufe zu Ernas Wagen in der Morgensonne, mein Kopf dröhnt, aber
die Luft ist klar, es duftet nach Erde und Gras und
nach getoastetem Brot. Frau Köhler hantiert in ihrer Küche, die Kühlschranktür klappt zu, Besteck
klirrt. Ich habe sie beim Jugoslawen am See kennengelernt. Wir saßen unter bunten Glühbirnen,
Mirko brachte ein Glas nach dem anderen, auf
ihre Rechnung. Kurz bevor das Gewitter ein-
setzte, schloss sie Ernas Wagen für mich auf.

Frau Köhler summt vor sich hin. Sie holt noch mehr Kaffee und getoastetes Brot mit Erdbeermarmelade.

– Heute wird improvisiert, sagt sie.

Ich warte darauf, dass sie sich ebenfalls auf die Stufen setzt, sie tut es nicht. Vielleicht sitzt man da nicht als Camper. Breitschultrig steht sie an ihren Wagen gelehnt, in Gummilatschen mit zwei Blumen über den großen Zehen, die Haut ist braun und schrumpelig, aber ganz unten, an ihrem Rand, sind die Füße rosa wie die eines kleinen Mädchens.

– Na, sagt Frau Köhler, Sie Magergestalt, jetzt haben Sie hoffentlich einen ordentlichen Hunger.

Ich lächele vage.

– So viel Wein auf leeren Magen, sagt sie, das konnte gar nicht gut gehen.

Sie sinkt in die Hocke, auf Augenhöhe mit mir.

– Ich weiß ja nicht, was Sie hier suchen. Aber wie das blühende Leben sehen Sie nicht aus, das muss ich schon sagen. Die Landluft wird Ihnen guttun. Kommen Sie, essen Sie noch was. Das bringt Sie auf die Beine.

⁓

7

Die Erinnerung ist ungerecht. Das Selbstverständliche kommt nicht darin vor. Möglich, dass es mit mir zu tun hat, Luis sagte: Du lässt kein gutes Haar an deiner Kindheit und Jugend. Obwohl es da Gutes gegeben haben muss! Es gibt immer etwas Gutes, Harmonisches. Er machte ein listiges Gesicht: Anders wäre das Schlechte gar nicht als Schlechtes zu erkennen. Luis ist Psychologe. Es dauerte drei Jahre, bis er mich verließ. Immer hielt er mir den Spiegel vor. Kein schönes Bild, das mich da ansah. Dabei zwinge ich mich oft, das Gute zu erinnern. Den ruhigen Takt. Stunden, die leicht waren und zuverlässig wiederkehrten. Aber meistens nimmt das Erinnerte gerade dann, wenn ich meine, etwas gefunden zu haben, eine Wendung, die mir nicht geheuer ist. Ich denke an uns beide, an Micha und mich, vor langer Zeit, zwei Kinder frühmorgens am Küchentisch. Wir sind allein. Seit unsere Mutter bei Expel arbeitet, muss sie vor uns aus dem Haus. In einer silbernen Thermoskanne ist heißer Kakao. Daneben steht eine Packung Haferflocken, die ein rotes Gummi zusammenhält. Unsere Schalen sind leer, bis auf die Zettel, die unsere Mutter hineingelegt hat. Sie schreibt sie schon am Abend, kleine Aufmunterungen, Hinweise, jeden Abend einen für jedes Kind. Wir haben uns gewaschen und angezogen, mein roter Nicki ist noch etwas steif und riecht nach Waschpulver. Das Sonnenlicht scheint durch das schmale Küchenfenster in meine Augen.

Micha deutet auf den Zettel in meiner Schale.

– Lies halt selbst, sagt mein Bruder und lacht.

Er hat im Oberkiefer ein paar große Zähne, daneben winzige Milchzähne wie ich. Ich bin mit meinem Kakao beschäftigt, hantiere mit dem Löffel, hebe die Haut ab, die aus der Kanne in die Tasse gerutscht ist, und drehe sie langsam über den Stiel. Micha sieht mir zu. Ich traue mich nicht, ihm das Zeug ins Gesicht zu schnippen. Stattdessen lege ich den Löffel mit der daran klebenden Haut in die Spüle, ein paar weiße Fetzen schwimmen noch in der Tasse.

– Jetzt lies schon, sagt mein Bruder.

Er ist acht, ich bin sechs. Ich starre auf den Zettel der Mutter. Im Flur steht mein Lederranzen. Ich mag, wie er riecht. Ich mag meine bunten Heftumschläge aus Plastik, die nicht so angestoßen und eingerissen sind wie die meines Bruders. Meine Bildvorlagen habe ich ordentlich ausgemalt. Ich mag meine Buntstifte, die immer frisch gespitzt sind. Am meisten freue ich mich über den leuchtblauen Füller mit der Riffelung über der Feder. Ich gehe gern in die Schule. Aber ich kann noch nicht lesen.

Der Zettel ist kariert. Mutter verwendet immer anderes Papier, je nachdem, was gerade da ist. Sie sitzt abends im Wohnzimmer, vor sich einen Haufen Socken zum Stopfen oder Hosen zum Nähen und manchmal auch ein paar Blatt Papier, die sie in Rechtecke schneidet und ordentlich aufeinanderlegt, Kante auf Kante. Viel passt nicht drauf. Ich schaue die Buchstaben an, die unsere Mutter geschrieben hat, große Druckbuchstaben wie gemalt. Ich sehe Buchstaben, die ich kenne, und dazwischen solche, die mir völlig fremd sind. Jeden einzelnen Buchstaben spreche ich laut aus, das muss ich tun. Mein Unterkiefer schiebt sich vor, die Mundhöhle öffnet sich, ich forme ein A. Ich versuche, den Buchstaben A mit dem darauf folgenden Buchstaben zu verbinden. Es geht nicht. Ich starre auf den Zettel meiner Mutter. Mein Bruder beobachtet mich. Unter seinem Blick wird mir heiß. Ich bekomme keine Luft. Micha, der seinen Zettel bereits mit dem gewohnten Lächeln gelesen hat, nimmt die hellblaue Haferflockenpackung in die Hand, löst das darumgewickelte Gummi und rollt die Packung auf.

– Auch gut, sagt er und leert die Haferflocken über dem Zettel in meiner Schale aus.

– Dann kannst du halt nicht lesen, sagt er und gießt Milch darüber.

Der Zettel meiner Mutter erstickt in den Haferflocken. Er ertrinkt in der Milch. Mit Daumen und Zeigefinger ziehe ich ihn über den Rand der Schale. Einzelne Flocken kleben auf dem karierten Papier. Die Schrift schwimmt in blauen Wellen auf dem nassen Blatt.

Am Abend schimpft unsere Mutter mit Micha. Sie schimpft nicht gut. Manchmal denke ich: Sie hat Angst vor ihrer erhobenen Stimme. Nach ein paar Sätzen nimmt sie meinen Bruder auf den Schoß. Sie hält ihn fest in ihren Armen. Er lehnt den lockigen Kopf an ihren. Ich stehe in der Tür zum Wohnzimmer und warte darauf, dass etwas geschieht. Mein Bruder beugt sich zu mir hin.

– Petze, zischt er und schmiegt sich wieder an die Mutter.

~

– Geht es Ihnen besser?, fragt Frau Köhler. Da war so ein blaues Licht in Ernas Wagen. Die junge Magergestalt schreibt etwas auf dem mitgebrachten Computer, hab ich mir gedacht.

Wir sitzen in ihrem Wagen, an ihrer goldbestickten Tischdecke. Ich trinke Saft und versuche, mit der Unterkante der Gabel den klebrigen

Bienenstich zu zerlegen, den sie selbst gebacken hat.

– Eigenhändig in dieser kleinen Küche, sagt sie.

Sie nimmt ein braunstichiges Farbfoto, das in einem silbernen Rahmen steckt, vom Buffet und hält es mir hin.

– So war das bei uns im Hochsommer, jeden Abend Party am See. Mein Ernst hat 'ne Kiste Bier spendiert. Richard hatte sein Akkordeon dabei. Bis Campingruhe war, hat er darauf gespielt. La Paloma und solche Sachen. Und da: Mirko. Manchmal hat er die Pizzeria zugesperrt und kam zu uns. Jetzt fährt er abends in die große Kreisstadt. Haben Sie die Schatten unter seinen Augen gesehen? Das ist die Einsamkeit, sag ich immer, aber er will nichts davon hören.

Sie greift nach dem Tortenheber und legt ein zweites Stück Bienenstich auf meinen Teller.

– Die Kinder haben das Leben am See immer geliebt. Aber natürlich hatten wir ein Auge auf sie, anders als die Eltern heutzutage. Vor allem damals, als diese Jugendlichen hier herumlungerten, die aus der Baracke.

Es soll beiläufig klingen, denke ich, aber irgendetwas ist schief daran. Ich antworte nicht. Natürlich kenne ich die Baracke, ich kenne sie viel zu gut.

– Zum Glück sind am Ende des Sommers die Schlimmsten verschwunden und nie wieder aufgetaucht. Keine Regel ist denen heilig, hat mein Mann immer gesagt, die kommen zum Saufen und Rumknutschen und hinterher findest du benutzte Kondome im Wald.

Sie zeigt auf das Foto.

– Schauen Sie, das ist mein Matthias. Der ist in Amerika und will da bleiben. Tausende von Kilometern weit weg. Man lebt nur einmal ganz aus dem Vollen, sag ich immer, ein paar Jährchen. Du denkst, es geht immer so weiter, und eh du dich versiehst, ist es vorbei.

– Und Ihr Mann?

Frau Köhler stellt das Bild aufs Buffet zurück.

– Totgesoffen.

Sie berührt mein Handgelenk.

– Was ich wieder schwatze! Ich kann es nicht lassen. Helfen Sie mir! Erzählen Sie von sich!

Ich sage, dass ich ihr gern zuhöre. Ich möchte nichts erzählen. Ich möchte hier sitzen und Kuchen essen und ab und zu nicken und eine Frage stellen, nichts weiter.

Frau Köhler sieht mich an.

– In Ihrem Alter sollte man Familie haben. Die besten Jahre sind das, sag ich immer. Aber warten Sie, ich weiß Trost.

Sie öffnet ein Schränkchen hinter sich, es ist mit Schnaps und Likören gefüllt. In kürzester Zeit trinken wir mehrere Schnäpse. Ich trinke nie tagsüber Schnaps.

– Auf die Verflossenen, sagt Frau Köhler vergnügt und prostet mir zu.

~

Den Nachmittag verbringen wir auf den Liegestühlen.

Man muss das Bettsofa in Ernas Wagen anheben, um an den Liegestuhl zu gelangen. Auch ein paar Alben und Bücher verbergen sich im Bettkasten, Karten- und Brettspiele und eine große zusammengefaltete Plastikfolie, die man als Windschutz draußen an ein paar Haken befestigen kann. Frau Köhler und ich stellen die Liegestühle auf das gemeinsame Stück Wiese. Sie reicht mir ein Handtuch, das ich über das Polster schlagen soll,

– für den Schweiß.

Ich schließe die Augen, sie respektiert das. Es ist noch schwüler als gestern, ich sehe uns über die Schulter, Micha und mir, meine weißen Lackschuhe und seine braunen, aus Wildleder (ich hatte keine braunen Schuhe aus Wildleder!, hätte Micha gesagt, er wehrte sich immer gegen das, was ich erinnerte). Die frisch geteerte

Straße dampfte, der Saum meines blauen Rocks wippte ein wenig im Takt der Schritte. Wir schlenderten den Holzzaun vor der alten Villa entlang, in der Frank mit seinen Eltern wohnte. Wie immer zog mein Bruder seinen Schlüssel auf Hüfthöhe übers Holz. Es klackerte. Ich beneidete ihn um den Schlüssel. Er trug ihn an einem gelben Wollfaden um den Hals. Ich wartete nur darauf, auch einmal einen solchen Schlüssel zu bekommen, aber unsere Mutter fand: Ein Schlüssel für zwei Kinder sei genug. Wir hatten die Höhe des Gullis erreicht, in dessen runde Öffnungen wir Morgen für Morgen ein paar herumliegende Kiesel hineinschubsten, als mein Bruder innehielt.

– Übrigens, sagte er lässig, schon gewusst, dass du Fünfzehndrei bist und ich Dreizehnfünf?

Ich verstand überhaupt nicht, was er meinte, und etwas, was mein Bruder sagte, nicht zu verstehen, verursachte immer ein hohles Gefühl im Bauch, eine Demütigung.

– Die Geburtstage!, sagte er ungeduldig. Ich dreizehnter Mai. Du fünfzehnter März. Mai gleich fünf. März gleich drei. Dreizehnfünf. Fünfzehndrei. Gerade andersrum. Wenn das kein Zufall ist.

Ich tat, als verstünde ich alles.

– Wenn das kein Zufall ist!, wiederholte ich

und kickte einen besonders großen Kiesel in die Öffnung des Gullis, der auf irgendeinem metallischen Gegenstand aufkam, jedenfalls hörte ich das leise Rumpeln im Innern der Erde, das den Sturz des Steins begleitete.

Micha mochte Spiele mit Zahlen. Ich verstand sie nicht, aber ich mochte sie auch. Es fühlte sich gut an, dass er mich Fünfzehndrei nannte und ich ihn Dreizehnfünf und wir zusammengehörten und keiner außer uns ahnte, was die Zahlen bedeuteten, nicht einmal unsere Mutter.

～

In meinen Halbschlaf hinein läuten Glocken, der Ostwind trägt das Läuten aus Munzing, vielleicht auch aus dem etwas entfernteren Petersbach an den See. Wenn im Kindergarten die Glocke läutete, stand Micha im Hof, um mich abzuholen. Ich beeilte mich, die Hausschuhe unter die Bank im Flur zu schieben und in den Anorak zu schlüpfen. Das Täschchen machte ich gar nicht zu, bevor ich rausrannte, denn Micha wartete nicht gern. Er lehnte an einem der Schaukelpfosten. Ich drosselte mein Tempo. Schon damals war er cool. Auf keinen Fall durfte ich auf ihn zustürmen. Ich genoss die Bewunderung, mit der ihn die anderen Kinder ansahen. Er war groß, trug seine Locken lang und achtete darauf, dass sein Anorak offen war und das Hemd nicht in der Hose steckte. Um seinen Hals hing der Schlüssel. Er spielte mit dem Wollfaden, während er auf mich wartete. Ich wünschte den Tag herbei, an dem ich so groß wäre wie er.

– Du wirst nie so groß wie ich, sagte er. Ich bin immer größer als du.

Einmal empfing er mich im Hof des Kindergartens nicht an, sondern auf der Schaukel. Plötzlich muss in ihn, den Erst- oder Zweitklässler, noch einmal die Schaukellust gefahren sein, obwohl Schaukeln was für Mädchen war, wie er meinte, oder für kleinere Kinder und ihn längst nicht mehr interessierte. Er setzte gerade an, Schwung zu holen, legte sich in die Schaukel hinein, schob die Beine und Füße hoch in die Luft, er tat es ein paar Mal, dann zog ihn das Gewicht des Ranzens nach hinten. Rücklings knallte er auf den Boden, vor den Augen der anderen Kindergartenkinder und ihrer Mütter und vor mir. Ein paar Sekunden lang lag er da wie ein Käfer, den Ranzen als Panzer unter sich, das Haar im Sand. Ich rannte zu ihm. Da rappelte er sich auf, kam über die Seite hoch, klopfte den Sand ab und grinste.

– Guter Sturz, was?, sagte er, als sei alles Absicht gewesen. Aber soweit ich weiß, schaukelte er nie wieder.

Der Wind zerrt am Schilf. Mir ist kühl in dem grünen Kleid, das Luis für mich ausgesucht hat, ich taste nach meiner Stickjacke. Mit einem Ruck klappt Frau Köhler ihren Stuhl zusammen.

– Ah, endlich aufgewacht. Kommen Sie, beeilen Sie sich. Wusste ich's doch, dass es wieder gewittert. Gehen wir zu Mirko in die Gaststube, bevor es den ganzen Kladderadatsch runterhaut.

Frau Köhler hakt sich bei mir ein. Hier am See ist sie diejenige, die weiß, was zu tun ist. Sie weiß es mit einer mir ganz fremden Festigkeit, so, als hätte sie ein Ziel vor Augen, eine Richtung für alles.

～

Das Gewitter setzt die ganze Gartenterrasse unter Wasser. Wir hocken vor dem Fernseher, Frau Köhler, Mirko und ich.

– So eine Gurke!, ruft Frau Köhler. Wer hat dich denn eingeladen? Das soll eine Kandidatin sein! Du Zwetschge auf zwei Beinen! Hast du nicht eine Spur Grips unter der Dauerwelle?

Frau Köhler weiß die richtige Antwort auf jede Frage, vielleicht rät sie auch nur und hat Glück. Mirko bringt Wein und Brot, Salz und eine Schale Olivenöl. Er ermuntert sie:

– Sie geben mir aber was ab von Ihrer Million, wenn Sie da endlich mitmachen!

– Wer will schon so eine wie mich in der Glotze!

Wir müssen vertraut wirken, familiär. Aber das täuscht. Frau Köhlers Blick auf mich ist forschend, mein Blick auf sie ist es auch. Nichts habe ich bisher getan von dem, was ich tun wollte. Luis würde sagen: Du fürchtest dich. Dabei gibt es so vieles, was du tun und wissen musst.

~

Seit ein paar Tagen sind die Nächte kühler. Im Gras hängen Regentropfen, aber die Nässe verdampft spätestens gegen Mittag, und wenn ich zweimal um den See jogge, wird mir warm. Es ist noch früh. Frau Köhler steht schon vor der Tür ihres himmelblauen Wagens und arrangiert die gestreiften Polster auf ihren Plastikstühlen. Sie deutet auf ein paar Blumentöpfe.

– Sehen Sie sich das an. Vom Regen platt gemacht. Ich hätte sie reinholen sollen.

Beim Zuknoten der Turnschuhe murmele ich etwas Anteilnehmendes. Die Zweige fallen mir ein, die Luis mir schenkte und die noch im Winter rosa blühten und junge Blätter trieben. Manchmal brachte er Beeren, ein paar Pfingstrosen dazu. Ich habe von ihm Blumen bekommen, die aussahen wie chinesische Lampions aus Papier, und Hagebuttenzweige, deren Früchte wir aufschnitten, um zu prüfen, ob die Kerne wirklich jucken. Seine Sträuße hielten sich über Wochen, sie wurden Teil der Einrichtung. Seit Luis mich verlassen hat, habe ich hin und wieder einen ähnlichen Strauß gekauft. Aber es war nicht dasselbe, also habe ich damit aufgehört.

Der Boden ist matschig und voller Pfützen.

Heute Abend treffe ich sie am See, Susi und Max und Joe. Ich habe Susi eine SMS geschickt und die gleiche SMS bekommt Luis. Er weiß nicht, dass ich verreist bin und warum.

– Ich bin im Wohnwagen am See, schrieb ich.

Susi antwortete gleich, ein Satz mit zwei Smileys.

– Dann sehen wir uns auf der Wiese beim Jugoslawen um sechs. Kein Essen! Ich werd zu dick!

Luis wird sich mit der Antwort Zeit lassen. Er lässt sich immer Zeit und ich achte darauf, es auch zu tun. Sicher würde es ihm hier gefallen, er mag lakonische Orte. Der See ist nicht groß. In einer knappen halben Stunde läuft man auf Holzbohlen, über sandige Wege und kleine Brücken um ihn herum. In der Ferne, hinter den platten Feldern, türmen sich Berge auf. Einen Kilometer westlich verläuft die Autobahn. Dass der Lärm erträglich ist, liegt an dem kleinen Stück Mischwald, das hinter dem Campingplatz beginnt und an das nicht denken will, nicht heute, nicht jetzt, unter diesem hochgespannten Himmel.

~

Frau Köhler klopft an die Tür meines Wohnwagens.

– Haben Sie ein paar Minuten Zeit? Ich muss Ihnen was erzählen.

Ich nicke.

Ihr Gesichtsausdruck ist im Gegenlicht nicht zu auszumachen. Sie steht in der Tür, kompakt, die Hände in den Hosentaschen.

– Entschuldigen Sie. Es ist wegen diesem Mann. Ich hätte es Ihnen gleich sagen sollen. Beinahe wäre es gestern dem Mirko rausgerutscht. Ich hab ihn gerade noch abgehalten. Ich will ja nicht, dass Sie sich zu sehr erschrecken. Aber wissen müssen Sie das doch. Der Mirko sagt: Das kannst du ihr nicht verheimlichen, sie erfährt es sowieso. Jedenfalls: Dieser Kerl streift auf dem Campingplatz herum. Am Tag vor Ihrer Ankunft war das. Der schwimmt wie ein Verrückter durch den See. Ich geh hin und sag: Brauchen Sie was, kann ich Ihnen helfen? Aber er antwortet nicht. Eine Arroganz, hab ich gedacht. Man muss sich vorsehen. So allein als Frau.

Frau Köhler unterbricht sich und schüttelt den Kopf.

Ich halte mich am Kühlschrank fest, mit beiden Händen.

– Und dann ist er, das hätte ich nie gedacht, ich war ja hier in meiner Küche, um das Abendessen …

Ich gehe zur Tür, ich muss raus, an Frau Köhler vorbei, die Stufen runter, weg von hier. Frau Köhler kommt mir nach und berührt mich am Arm.

– Sie haben schon davon gehört?

Ich mache mich los und drehe mich um. Frau Köhler fasst erneut nach meinem Arm. Sie sucht in meinem Gesicht. Ich fühle mich nackt in meinem kurzen Kleid, mit den vom Duschen nassen Haaren.

– Ach, sagt Frau Köhler. Sie kennen den Mann?

~

Frau Köhler telefoniert. Ihre Silhouette verschwindet hinter dem Spitzenvorhang, ab und zu taucht sie wieder auf und sieht aus dem Fenster, als prüfe sie, ob ich noch da bin. Sie müsse ins Dorf, um ein paar Dinge einzukaufen, sagt

sie, als sie irgendwann in Schuhen mit Krepp-
sohle aus der Tür tritt.

– Soll ich Ihnen was mitbringen?

Mit meinem Einkaufszettel in der Hand
macht sie sich auf, eine kleine Gestalt mit fes-
tem Schritt, die auf den Hauptweg zuhält. Dann
kehrt sie um, als sei ihr etwas Wichtiges eingefallen. Sie nähert sich auf ein paar Meter Entfer-
nung und zieht eine winzige Digitalkamera aus
der Handtasche.

– Das hab ich ganz vergessen, sagt sie harm-
los. Ich wollte ja ein Foto von Ihnen machen, damit Erna weiß, wer bei ihr im Wagen wohnt.
Aber machen Sie doch nicht ein solches Gesicht.
Ich schieß Sie schon nicht ab, keine Sorge. Und
was haben Sie gleich Schönes vor?

Weil ich schwimmen gehen will, leiht mir
Frau Köhler einen blauen, viel zu großen Badeanzug.

– Besser als nichts, meint sie.

Der alte Holzsteg, auf dem wir früher lagen,
befindet sich am anderen Ende des Campingplatzes, jenseits der Grenze zur öffentlichen Wiese.
Der Badeanzug schlägt kuriose Falten, die Hart-
schalen sind voller Luft. Es kostet mich Überwin-
dung, im See zu baden. Einen Sommer lang war
es so einfach wie Gehen und Stehen und Atmen,
das liegt weit zurück. Vom Ende des Stegs aus

lasse ich mich ins Wasser gleiten, der See ist frisch, 18 Grad, hat Frau Köhler gesagt, eine Kälte, die mir fast die Luft abdrückt. In Ufernähe streifen mich Gräser, Laub treibt auf der Wasseroberfläche, aber je weiter ich schwimme, desto sauberer und klarer wird das Wasser, ich denke nicht an die Tiefe darunter, man darf das nicht, wenn man in Ruhe schwimmen will. Von der Mitte des Sees aus überblicke ich alles: den Campingplatz und die Badestellen und den Wald, den Jugoslawen, die Wiese, den Schwimmkran im weißen Kies. Ich kraule schnell, um warm zu werden. Warum er und nicht ich, denke ich. Warum ich und nicht er. Es ist die Frage, die sich mir oft gestellt hat, nicht nur, wenn ich an Micha dachte, Luis sagte: Du fragst dich das, als stünde dir dein Leben nicht zu.

Frau Köhler hat die Einkaufstüte vor meine Tür gestellt und eine Zeitung dazugelegt, ich drücke ihr das Geld in die Hand. Sie steckt es kommentarlos ein und zeigt mir mehrere Steaks in einer durchsichtigen Vakuumpackung.

– Magerlein, darf ich Sie später zum Grillen einladen?

– Morgen gern, heute bin ich verabredet.

– Schade, sagt sie vorwurfsvoll.

Luis hat geschrieben. Er fragt, an welchem See ich bin und warum. Er erkundigt sich, ob er mir helfen kann, und um genau diese Fürsorge bin ich froh. Ich hänge den Badeanzug zum Trocknen an die Schnur, die von Wagen zu Wagen gespannt ist, gehe zu Mirkos Garten hinüber und warte. Fast täglich saßen wir hier. Auf einem großen, runden Holzbrett stellte Mirko eine Pizza Salami vor uns hin, schob mit Schwung sein Messer durch die Mitte und zerteilte sie in regelmäßige, schmale Dreiecke. Es kam mir erwachsen vor, bedient zu werden, Bier zu trinken, einander Pizzastücke zu reichen. Einer der Jungs zahlte für alle, häufig Micha, der sich die Großzügigkeit in Gelddingen bei unserem Vater abgeschaut hatte. Der Vater machte viele Reisen, Geschäftsreisen, wie er behauptete, oft war er wochenlang im Ausland unterwegs. Unsere Mutter vermutete, dass er mit irgendeiner Geliebten am Strand lag und das bisschen Geld verprasste, das er hatte.

– Wisst ihr, wie die Türken das nennen, wenn jeder eine eigene Rechnung kriegt?, fragte mein Bruder. Auf Deutsch zahlen!

Frau Köhler hantiert mit einer braunen Plastikschüssel am Brunnen, es ist von Mirkos Garten aus gut zu sehen, sie schleppt das Wasser zurück zum Wagen und beginnt, die Fenster zu putzen, erst die ihres himmelblauen Vans, dann die Scheiben von Ernas Wagen. Ich habe die Vorhänge aufgezogen, um Licht einzulassen, mir

kommt vor, als wische Frau Köhler diese Scheiben mit größerer Aufmerksamkeit als die ihri-
gen, sie lässt sich Zeit, dabei gibt es im Wagen
nicht viel zu sehen außer dem Laptop, den ich
aufgeklappt auf dem Tisch stehen gelassen habe,
und ein paar Kleider zum Auslüften. Als Frau
Köhler bemerkt, dass ich sie von fern beobachte,
lässt sie den Lappen in die Schüssel fallen und
winkt mir zu. Es ist kurz nach sechs Uhr. Die anderen sind schon da, ich habe ihre Autos gehört
und ihre Stimmen und gesehen, wie sie mit zwei
karierten Decken über die Wiese gingen. Sie sitzen ganz nah am Wasser, Susi und Joe, Susi mit
ihrem schwarz gefärbten, Joe mit seinem glatten, hellblonden Haar, und dazwischen Max, der
Sohn meines Bruders.

~

– Der See, an dem wir damals waren, hatte Susi
am Telefon gesagt.

Ich saß mit einer Schale Milchkaffee an
meinem Schreibtisch, als sie anrief. Vor vielen
Jahren hatte ich zuletzt ihre Stimme gehört.

– Es ist etwas weiter hinten, sagte sie, so,
dass ein Spaziergänger ihn nicht findet.

Sie beschrieb mir den Baum, eine Eiche.
Sehr viele Eichen gibt es nicht in diesem Wald.
Sie sagte:

– Er muss den Brief ein paar Stunden vorher für mich eingeworfen haben. Vor der Nachmittagsleerung.

Susi kam tags darauf gegen sieben Uhr abends von der Arbeit nach Hause – sie verkauft Secondhand-Klamotten in einer Boutique in Munzing –, öffnete den Brief und verständigte die Polizei. Gegen zwanzig Uhr standen sie vor der Eiche. Susi kann so was aushalten, sie ist robust, sehr viel robuster und pragmatischer als ich. Ich vermute, dass es dieser Pragmatismus war, den mein Bruder an ihr schätzte.

– Das Seil, der Brief, das Testament, alles hat er vorbereitet, sagte Susi am Telefon. Wie von langer Hand geplant,

und wollte mir beschreiben, was sie dort im Wald gesehen hat, sie setzte dazu an.

– Wenn du wüsstest,

sagte sie, und statt zuzuhören, griff ich nach einem Buch, das gerade auf meinem Tisch lag, und blätterte darin, und nur wenig dessen, was sie sagte, drang zu mir durch.

〜

Joe steht auf und nimmt mich in den Arm. Er riecht nach Zigaretten und Leder und ist viel breiter, als ich ihn in Erinnerung habe. Vielleicht komme ich ihm auch so vor. Die Jahre haben unsere Konturen verändert, wie ein Fernseher alles in die Breite zieht, wenn das Format falsch eingestellt ist.

– Setz dich, sagt er, auf der Decke ist noch Platz. Gut siehst du aus. Genau wie früher.

Er lacht. Susi und Max rauchen und sehen auf den See hinaus. Ich habe nicht gewusst, dass Max raucht. Als ich ihn zuletzt sah, war er noch ein Kind.

– Na, sagt Susi, alles wiedererkannt?

Ihre Stimme klingt angespannter als am Telefon. So als habe sich das, was geschehen ist, immer deutlicher vor ihr aufgebaut.

Ich nicke.

– Der See ist viel schöner als früher, sage ich. Mit den hochgewachsenen Birken. Komisch nur, dass sie den alten Schwimmbagger stehen gelassen haben.

Es klingt gestelzt.

– Den brauchen sie noch ab und zu, sagt Joe. Schau, da hinten, der Kiesberg. Immer wieder holen sie was raus.

Er erzählt, dass er im Sommer häufig mit seinen Kindern hier baden geht, weil der See nah ist und der Zugang zum Wasser flach.

– Ein Höllenbetrieb herrschte hier früher. Das Petersbacher Schwimmbad war ja lange das einzige weit und breit. Bis dieses Spaßbad an der Autobahnausfahrt aufgemacht hat, hat sich Mirko eine goldene Nase verdient.

– Der Arsch, sagt Max.

Susi boxt ihm in den Arm.

– Red nicht so. Der Kerl redet, als wäre die ganze Welt nur Scheiße.

– Was ist denn mit Mirko, frage ich. Ich finde ihn genauso nett wie früher.

– Nett, sagt Max spöttisch. Wir gehen schon lange nicht mehr hin. Der ruft doch immer gleich die Bullen. Das war früher auch so, hat Papa gesagt. Ihr seid deswegen nicht mehr hergekommen.

Ich nicke. Es stimmt, dass oft die Polizei da war. Aber aufgehört hat es ganz anders. Damals, als alle am See waren. Alle außer mir.

Susi sagt:

– Spiel dich nicht so auf!

– Lass ihn sich halt seine Gedanken machen, sagt Joe. Was, Max? Wie alt bist du? Fünfzehn? Sechzehn? Da hat man seinen eigenen Kopf.

Max nimmt einen Schluck Bier. Er ist blass und hat von der Akne schon ein paar kleinere Gräben im Gesicht, dazwischen gerötete Flecken. Mein Bruder sah besser aus in seinem Alter, vielleicht lag es an den Locken, die nicht recht zu der neuen, tiefen Stimme passten, vielleicht war es seine Größe oder die entspannte Art, wie er dastand. Er sah so gut aus, dass die Mädchen aus meiner Klasse nachfragten, ob er zu Hause sei, wenn sie mich besuchten, und bis zum Abendessen blieben, um mit ihm am Tisch zu sitzen. Dass er Hauptschüler war, störte sie nicht, im Gegenteil, sie hielten ihn gerade darum für männlicher als die Jungen aus unserer Klasse, ein Anführertyp, jemand zum Anlehnen. Ich habe die Mädchen damals gut verstanden.

Joe steht auf und holt neues Bier. Er hat immer Fußball gespielt, auch damals, sein Gang ist noch so elastisch wie früher. Wahrscheinlich geht er an den Wochenenden auf den Fußballplatz und trainiert die A- oder B-Jugend, es sieht alles so einfach aus bei ihm.

Er reicht mir eine volle Flasche.

– Export, wie immer, sagt er. Früher hat Micha das gemacht. Ich meine, das Bier gebracht und bezahlt. Ich meine, es ist nicht wegen dem Geld. Ach, Scheiße.

– Micha hat bezahlt, wenn alle zugeschaut haben, sagt Susi. Egal, ob er Geld hatte oder nicht. Egal, ob es sein Geld war oder das von jemand anderem. Er war so ein Typ. Nur für seinen Sohn wollte er nix blechen. Da hat ja auch keiner gesagt, boah, der Micha, wie großzügig der ist. Das war ja einfach nur seine verdammte Pflicht!

– Hör doch auf, Mama, sagt Max.

Ich treffe die drei, um über meinen Bruder zu reden, und kaum reden sie über meinen Bruder, kann ich es nicht ertragen.

– Wir hätten uns besser gleich in Michas Wohnung getroffen, sagt Susi.

– Ich finde es gut hier, sagt Max.

– Obwohl der Jugoslawe ein Arsch ist?

– Vielleicht genau darum.

Max starrt auf den See. Er gefällt sich darin, als tragische Figur auf der Bühne zu sitzen. Joe legt Max den Arm um die Schulter.

– Kopf hoch. Das geht vorbei.

– Was für ein bescheuerter Trost, sagt Susi.

Schützend hält sie die linke Hand um die Flamme ihres Feuerzeugs, dabei verrutscht der Kragen ein bisschen, eine sehr dunkle Stelle am Hals wird sichtbar, ein Bluterguss vielleicht. Ich vermute, dass Susi und Joe sich treffen, sie wohnen ja nicht weit voneinander entfernt. Etwas ist zwischen ihnen, eine alte Vertrautheit. Sie teilen den gleichen weichen Dialekt. Mit mir reißen sie sich zusammen wie vor einer Fremden. Der Tod meines Bruders bedrückt Joe, aber dahinter ist die für ihn typische Heiterkeit zu spüren, er war immer heiter, ihm fehlte der *Tiefsinn*, wie ich frü-

her fand, *Tiefsinn* ging mit sportlicher Leichtig-
keit, frisch gewaschenen Poloshirts und gebräunten Beinen nicht zusammen.

– Dein Vater war krank, Max, sagt Joe. Auch
wenn er manchmal gut drauf war. Kannst du überall nachlesen. Irgendein Mangel an Botenstoffen
im Gehirn. Du hättest ihm nicht helfen können.
Das stimmt doch, Anna? Du bist doch Ärztin!

– Fast. Juristin, sage ich. Ich arbeite an der
Uni.

– Hört mir auf mit meinem Vater, sagt Max.

Max drückt seine Zigarette im Boden aus.
Er bohrt sie so tief in die Erde hinein, dass ein
kleines Loch bleibt.

– Lasst ihn einfach in Ruhe, sagt Susi zu mir.
Der fängt sich schon. Dein Bruder hat es ihm
verflucht schwer gemacht.

Sie wirft ihr Haar zurück.

– Er hatte es selbst schwer, sagt Joe.

– Wer nicht, sagt Susi. Meinst du, es ist einfach, allein ein Kind großzuziehen? Ich soll wohl
noch Verständnis haben, was?

Joe lässt flache Steine über die Wasserflä-
che springen, einen nach dem anderen. Er kann
das gut.

– Wenn ihr so einen Brief bekommt, sagt sie.
Ich mach den Briefkasten nie wieder auf nach
diesem Brief.

Ich frage nicht, was in dem Brief steht.

– Er hat dir ein paar Bücher vermacht, sagt Susi zu mir. Was mit Zahlen. Mathematik, Informatik, der ganze Quatsch. Der Computer ist für mich. Alles andere für Max. Kein Grund, vor Freude auszurasten. Morgen früh nehm ich dich mit in seine Wohnung, Anna, du musst dir das ansehen, da ist fast gar nichts mehr. Nicht einmal seine Platten. Er hat alles rausgehauen. War ja lang genug auf Hartz IV.

– Er war arbeitslos?

– Schon seit zwei Jahren. Ihr habt wohl gar nicht miteinander gesprochen, wie? Manchmal hat er auf dem Feld mitgeholfen. Aber dann war er sich wieder zu fein dazu. Unter all den Polacken Spargel ziehen, hat er gesagt. Erdbeeren pflücken. Trauben. Das ist doch keine Arbeit, hat er gesagt. Kein Job, keine Kohle, hab ich gesagt. Jeder kann was anpacken, wenn er sich zusammenreißt. Aber er wollte nix davon hören.

– Ich sag ja, er war krank, sagt Joe.

– Krank, aha!, sagt Susi. Verantwortungslos war er. Uns hier sitzen zu lassen mit gar nichts!

– Du tust so, als wärt ihr noch verheiratet gewesen, sagt Joe.

– Waren wir ja auch.

– Du weißt, wie ich das meine.

Susi sieht aus, als wolle sie Joe eine scheuern.

– Hör auf damit, verstehst du? Hör auf damit vor meinem Sohn! Ich will nur, dass Anna kapiert, was für einen verdammten Knall ihr Bruder hatte.

– Kleiner Idiot hat er mich genannt, sagt Max. Selber Idiot.

– Gib dir die Kugel, sagt Susi gleichgültig.

– Micha war kein Idiot, sage ich zu Max. Auch wenn er Mist gebaut hat. Das weißt du genau, dass dein Vater kein Idiot war.

Max sieht mich an, als er erwarte er etwas von mir.

～

Wir bleiben nicht lange zusammen. Joe will nach Hause zu seiner Familie, Max steigt auf sein Moped, er ist noch mit Freunden verabredet. Nicht in der Baracke – die hat man längst abgerissen –, sondern in einer Bar an der Ausfallstraße. Er trägt schwarze Lederhandschuhe mit einer Polsterung über den Knöcheln, unbeholfen reiche ich ihm die Hand. Susi taumelt beim Aufstehen. Sie stützt sich mit einem Arm auf dem Wagendach auf, der Kopf hängt nach unten. Für einen Moment sieht sie aus, als ob sie sich übergeben müsse. Ich halte ihr die Haare hinten zusammen, wenn sie sich übergibt, denke ich, sie braucht ein Taschentuch und Wasser zum Ausspülen. Sie sollte nicht mehr fahren. Biete ihr an, im Wohnwagen zu schlafen. Das Bett ist breit genug. Sie war mit deinem Bruder verheiratet. Sie ist die Mutter deines Neffen. Kümmer dich um sie, denke ich.

Aber ich rühre mich nicht.

– Wenn ihr mich braucht, sagt Joe noch zu Susi und mir. Wegen der Beerdigung. Irgendwas. Meldet euch einfach.

Susi hat sich auf den Fahrersitz manövriert. Sie sitzt jetzt ganz aufrecht da und dreht mit einem kleinen Ruck den Schlüssel im Zündschloss um.

– Mach ich glatt, sagt sie. Weil du's bist.

〜

Es ist dunkel geworden, eine klare Nacht. In Frau Köhlers Wagen flackert der Fernseher. Ich lege mich aufs Bett und betrachte durchs Fenster die Sterne und Sternbilder, die jetzt, im September, vielleicht Südliche Fische heißen oder Skorpion, ich weiß es nicht, weil ich immer nur den Großen Wagen habe erkennen können.

– Ich sehe ein paar leuchtende Punkte, habe ich zu Luis gesagt, nichts weiter.

Es war wie jetzt Spätsommer, wir kannten

uns kaum. Ich wusste noch nicht, wie wichtig Luis Sternbilder sind. Er glaubt nicht an Horoskope oder an irgendeinen Einfluss des Himmels auf Schicksal und Temperament. Ihn interessiert die zuverlässige Anordnung, die Formation der Sterne selbst.

– Für uns stehen sie im immergleichen Verhältnis zueinander, ohne sich je näher zu kommen oder zu entfernen, sagte Luis, völlig unabhängig von Zeit und Entwicklung.

Er versuchte, mir zu zeigen, was er sah. Ich starrte in den Himmel. Es war mir unmöglich, die Beziehung zwischen Sternen wahrzunehmen, selbst dann, wenn er für mich jeden einzelnen fixierte und beim Namen nannte.

– Such den hellen Stern der Südlichen Fische, sagte er, und zieh eine Linie zum Adler, dazwischen findest du den Skorpion.

Aber ich sah weder die Südlichen Fische noch den Adler oder den Skorpion, sondern lediglich Sterne, und daran hat sich bis heute nichts geändert.

– Der See bei mir zu Hause, tippe ich für Luis in mein Handy.

Es dauert eine Weile, bis ich hinzufüge, was geschehen ist.

~

Frau Köhler hat ein Handtuch um die Schultern gelegt, Schweiß steht ihr auf der Stirn.

– Frühsport, sagt sie. Kniebeugen, Liegestützen. Zur Kräftigung. Täte Ihnen auch nicht schlecht. Hatten Sie es nett mit Ihren Freunden? Lassen Sie sich Zeit. Der Frühstückstisch ist gleich gedeckt.

Ich sage, dass ich eine Schale Haferflocken im Wagen essen werde und später mit einer Bekannten verabredet bin.

– Bitte, sagt sie spitz. Sie müssen es ja wissen. Das Grillen fällt dann wohl auch Ihrer Verabredung zum Opfer?

Ich versichere ihr, dass wir wie vereinbart grillen werden.

– Nicht vergessen! Das Fleisch liegt in der Marinade. Punkt sechs!, ruft sie mir hinterher.

Bevor ich mich an meinen Laptop setze, prüfe ich das Display meines Handys.

– Arme Anna, steht da. Das tut mir sehr leid. Ich wäre gern für dich da.

Es ist mir bewusst, wie überzogen meine Antwort für Luis klingen muss.

– Komm zu mir, simse ich, ich brauche dich.

Aber dann lösche ich das Geschriebene wieder, Buchstabe für Buchstabe, bis das Feld leer ist.

~

– Du beschützt doch die Kleine, wenn einer der großen Jungen ihr was tun will?, sagte meine Mutter zu meinem Bruder.

Aber er beschützte mich nicht.

Vielleicht war ich als Grundschülerin besonders unsicher und ungeschickt. Es kann auch mit meinen roten Haaren zu tun gehabt haben oder damit, dass Susi gerade hängen geblieben war.

– Die Anna geht in Flammen auf, rief Susi über den Pausenhof.

– Paulinchen war allein zu Haus, rief sie.

Der Lehrer bemerkte die Streichhölzer, die sie auf meinem Tisch zu einer Art Scheiterhaufen aufeinandergeschichtet hatte, ich wand mich unter seinen Fragen. Im Unterricht versuchte ich, nicht an Susi zu denken. Vergiss Susi, dachte ich, *vergessen ist heilsam,* sagte unsere Mutter häufig, *ich vergesse gern.*

– Was arbeitest du eigentlich, Mama?

– Ich steh am Band, und es kommen diese Metallklingen in der kleinen Schachtel angerollt, nicht besonders groß, etwa so.

Sie spreizte Daumen und Zeigefinger ein paar Zentimeter breit.

– Und ich nehme das rote Gummiband und spanne es um die Schachtel.

– Und?

– Und während ich das tue, kommt schon die nächste Schachtel mit Metallklingen, und so geht das immer weiter.

– Ist das nicht langweilig?

– Sterbenslangweilig, sagte meine Mutter. Den ganzen Tag Gummibänder um Schachteln mit Metallklingen schnüren ist das Langweiligste, was es gibt. Aber weißt du: Es ist doch besser, als quälenden Gedanken nachzuhängen, meinst du nicht?

– Welchen quälenden Gedanken denn?

Sie lachte.

– Das war doch nur ein Beispiel, Anna!

Weder meiner Mutter noch meinem Bruder erzählte ich etwas, auch nicht, als es irgendwann genauso plötzlich, wie es begonnen hatte, vorbei war.

– Wusstest du, dass Babsi stinkt?, sagte Susi zu mir.

Sie sagte:

– Sabine stinkt auch. Und zwar nicht aus dem Mund, sondern ...

Sie kicherte.

Wir teilten uns den Pausenhof mit den Haupt- und Sonderschülern, die groß waren und beängstigend laut redeten und sich schubsten, mit Absicht. Zur Sicherheit hielt ich mich während der Pause in Michas Nähe auf, nicht richtig nah, aber so, dass man glauben konnte, ich gehöre dazu. Er bewegte sich kaum vom Eingang fort und stand dort mit ein paar Jungs aus seiner Klasse an die braun gestrichene Betonwand gelehnt, Joe war schon damals darunter. Nie hatten sie, wie ich und meine Klassenkameraden, ihre Vespertüten in der Pause dabei, auch nicht ihre Fläschchen mit Tee, dafür sammelten und tauschten sie Aufkleber oder Sticker, erzählten sich Witze und lachten laut und mit viel tieferen Stimmen als sonst. Ich kaute auf meinem Käsebrot herum und trank Hagebuttentee. Sie nahmen mich gar nicht wahr. Später spielte ich mit ein paar gleichaltrigen Mädchen Hüpfen und Fangen. Ich spielte auch mit Susi, stolz darüber, dass sie mich inzwischen zur Freundin haben wollte.

Manchmal standen Micha und Joe und die anderen Jungen im Kreis und verbargen etwas und einer löste sich aus der Reihe und schob sich in die Mitte, eine Prügelei, wie mein Bruder erzählte.

– Es war geil, sagte er, es ging so dermaßen ab!

Nie war es mein Bruder, der unten lag, immer war er obenauf, jedenfalls sagte er das.

– Ich hab das Arschloch kleingekriegt, sagte er zu mir beim Mittagessen. Er hat dem Joe sein

Fahrrad kaputt gemacht und ich hab ihn kleingekriegt, so klein mit Hut, sagte er.

Ich traute ihm das zu. Seit er die Hanteln
benutzte, die unser Vater ihm zu seinem neun-
ten Geburtstag geschickt hatte, war er stark. Man
konnte seinen Oberarmen beim Wachsen zuse-
hen. Wenn wir im Bad standen, ließ er mich
seine Muskeln ertasten, den Bizeps und den Tri-
zeps, und sie wurden von Woche zu Woche kräf-
tiger. In dieser Zeit wuchs Micha nicht weiter in
die Höhe, er ging in die Breite.

– Du musst trainieren, sagte er, sonst kannst
du gleich hinwerfen.

Unsere Mutter weinte, als sie an einem El-
ternabend erfuhr, dass Micha andere Kinder zu-
sammenschlug. Aber mein Bruder beruhigte sie:

– Da hatte der Hellburg Pausenaufsicht,
sagte er. Der ist gegen mich, der dumme Bock,
der lügt wie gedruckt. Gell, Anna?

Ich nickte. Micha streichelte unsere Mutter
am Arm. Sein Lächeln war breit, ein großer, ver-
lässlicher Mund. Unsere Mutter griff ihm in seine
Locken, zog seinen Kopf zu ihrem und sagte:

– Jungs! Jungs müssen sich immer prügeln.

Sie schüttelte den Kopf.

– Verstehen werde ich das nie.

⁓

Auf dem Parkplatz hinter dem Jugoslawen warte ich auf Susi, die mich abholen und mit in die Wohnung meines Bruders nehmen wird. Die beiden lebten schon seit vielen Jahren nicht mehr zusammen, zuletzt habe ich sie in ihrer gemeinsamen Wohnung besucht, als Max drei, vier Jahre alt war, im Frühling kurz vor ihrer Trennung. Mein Bruder schnitt auf einem Brett Apfelstücke für Max zurecht, er zog die Schale in breiten Ringen ab, entfernte das Kerngehäuse und zerlegte den Apfel in gleich große Teile, dann putzte er Max die Nase und ermahnte ihn, am Tisch brav zu sein. Jede seiner Gesten war um einige Zentimeter größer als nötig, die Stimme lauter. Alles, was er für seinen Sohn tat, tat er, damit ich es bemerkte, und so, wie es unser Vater niemals getan hatte: mit demonstrativer Fürsorge.

– Wenn ihr bei Max seid, kann ich ja genauso gut in die Stadt fahren. Ist lange genug her, dass ich mal shoppen war, sagte Susi, griff nach ihrer nietenbesetzten Tasche und ging auf hohen Absätzen davon.

Mein Bruder kochte Kakao und zeigte mir erste Bilder, die Max gemalt hatte. Ich betrachtete das Krikelkrakel, versuchte, darin ein Auto und einen Baum und ein Kind auszumachen und äußerte Bewunderung. Ich hatte begriffen, was mein Bruder brauchte.

– Na siehst du, sagte Micha lachend und legte die Bilder zurück in eine gelb gemusterte Schachtel, auf der »Max« stand, und ich fürchtete schon, er würde noch mehr Bilder aus der Schachtel holen, aber die Sonne schien, Max sollte an die Luft. Also gingen wir auf den Dorfspielplatz mit dem mächtigen Klettergerüst, das Max erklimmen sollte. Max weinte. Er wollte nicht auf das Klettergerüst hinauf. Ich sehe meinen Bruder hoch oben zwischen den roten Seilen, schwarzen Plastikhalterungen und ein paar zeltartig aufgerichteten Stangen.

– Max, komm! Es ist ganz einfach!

Max hatte einen Anorak an, die Kapuze hing ihm über die Stirn. Vielleicht hörte er nicht, was Micha rief. Er stand ganz unten am Klettergerüst und versuchte, seinen Fuß auf ein quer gespanntes Seil zu setzen. Er zog sich mit den Armen hoch, hob den Fuß seitlich auf Hüfthöhe an, berührte mit der Sohle das Seil, der Fuß rutschte ab. Max balancierte sich ins Gleichgewicht zurück.

– Jetzt komm endlich, Max!, rief mein Bruder von oben.

Ich überlegte, Max zu helfen, und ging ein Stück weit durch den feuchten Sand auf ihn zu. Max schniefte. Ich streckte die Arme aus, um ihn unter den Achseln zu packen, wenigstens auf halbe Höhe wollte ich ihn heben. Möglich, dass er dann allein weiterkam, die Abstände zwischen den Seilen schienen nach oben hin kürzer zu werden, aber vielleicht täuschte die Perspektive. Micha rief, dass ich Max in Ruhe lassen solle und er das ganz allein schaffe.

– Er kann das! Er ist schon mal allein hochgekommen!

Ich wischte den Sand von einer Bank und nestelte den Rucksack meines Bruders auf, in dem ein Tetrapack mit Saft für Max war. Vielleicht konnte Max Saft brauchen, wenn er die Kletterei hinter sich gebracht hatte. Ich musste ein bisschen suchen, um den Saft zu finden, mein Bruder hatte auch ein Sweatshirt für Max eingepackt und eine Tüte mit Brezeln. Ganz unten ertastete ich das Tetrapack und ein paar Pillenschachteln und eine flache Flasche Schnaps.

– Na los, voran!, brüllte mein Bruder. Ich versauer ja schon hier oben.

Am Ende gelang es Max, sich mit dem Knie hochzudrücken. Er war vierzig Zentimeter höher als zuvor, rund einen halben Meter über der Erde, aber noch sehr weit weg von seinem Vater.

～

Susi hat eine dicke Schicht Make-up aufgelegt, die Haut unter den Wangenknochen glänzt. Ihr Haar

ist in langen Strähnen am Hinterkopf hochgesteckt. Sie trägt ein ärmelloses Sommerkleid und
eine türkise Strickjacke mit silbernen Knöpfen.
Man sieht ihr die Kopfschmerzen nicht an, die sie
haben muss. Ihr Atem riecht, wie ich beim Einsteigen in ihren Wagen bemerke, nach Minze.

– Aspirin, zwei Espressi: und schon läuft die
Sache wieder, sagt sie. Der Joe ist doch immer
noch süß. Ein Goldschatz, findest du nicht? Der
betrügt nicht mal seine Frau.

Sie zwinkert mir zu.

– Jedenfalls fast nicht. Obwohl er genug Ge-
legenheit hätte.

Susi fährt einen Wagen mit weißen Leder-
sitzen und einem Dufttannenbaum am Rück-
spiegel. Prospektfetzen, Brötchentüten und leere
Zigarettenschachteln liegen auf dem Boden. Es
ist noch diesig, der Himmel hängt tief, ich frage
mich, ob die Sonne heute überhaupt durch-
kommt. Wenn nicht, wird es klamm am See. Die
Kleider, die ich dabeihabe, sind nicht warm und
regenfest genug für eine herbstliche Nacht. Ich
bräuchte einen Fleecepullover wie Frau Köhler
und Thermounterwäsche, eine Goretexjacke
und dicke Socken. Susi könnte mir sicher etwas
leihen, aber das will ich nicht. Sie lässt sich auch
nicht helfen. Ich habe sie schon ein paar Mal gefragt.

– Das mit der Bestattung krieg ich allein hin, hat sie gesagt. Das Ganze findet sowieso erst in ein paar Wochen statt. Keine Ahnung, wann. Wie das bei Urnenbegräbnissen so ist.

Fahren wir zurück und holen meine Reisetasche, könnte ich sagen. Bring mich bitte zum Bahnhof. Ich habe keine Ahnung, wie mein Bruder in den vergangenen Jahren gelebt hat, und will es nicht wissen, es macht mir Angst.

– Vielleicht lassen wir das mit der Wohnung lieber, sage ich zu Susi.

– Geht nicht, sagt Susi mit dieser weichen, dialektalen Färbung.

– Du musst schauen, was noch da ist. Sonst heißt es am Ende, ich hätte mich an seinen Sachen bereichert. Ist sowieso eine Grauzone, verheiratet, aber seit Jahren nicht mehr zusammen, wo du doch Richterin bist oder so was. Du kannst mich da ganz schön reinreiten, wenn du willst.

– Vielleicht würde Micha nicht wollen, dass ich sehe, wie er gelebt hat.

Susi lacht.

– Wärst du denn gekommen, wenn er es gewollt hätte? Ihr habt ja nicht mal mehr telefoniert. Seit meine Schwester mit diesem Schnösel zusammen ist, interessiert sie sich überhaupt nicht mehr für unsereins, hat Micha gesagt. Wie ist noch der Name von deinem Kerl? Luis?

Susi biegt ins Unterdorf ab, vorbei an den lang gestreckten Flachbauten, in denen früher Zylinder und Gewindefräser gefertigt wurden und Wellpappe und Kartons und Düngemittel für die landwirtschaftliche Industrie, heute aber Elektronikteile, Feinmechanik – saubere Technik. Zwischen zwei Fertigungshallen, am Rand eines großen Parkplatzes, steht ein rosa getünchtes Haus mit Spitzdach, runtergezogenen Rollos in kräftigem Violett und einem verwaschenen Plakat am Eingang, das mehrere nackte Männer und Frauen zeigt. Susi parkt auf dem Gehweg, steigt aus und lehnt mit den Unterarmen auf ihrem Wagendach.

– Guck's dir an, die lila Tür dahinten. Das ist der Swingerclub, auch so ein typisches Micha-Projekt. Wir richten einen Swingerclub ein, im Trödelladen vom alten Kundermann, hat Micha gesagt. Die kommen extra aus Frankreich rüber, um sich bei uns zu amüsieren. Wir bieten Champagner an, nix für die Scheißbauern hier auf den Dörfern, die sollen sich ihre Nutten in den Kleinanzeigen raussuchen. Hier geht es gepflegt zur Sache, du wirst schon sehen.

– Und der Kundermann?, frage ich. Der wohnte doch da. Was hat er mit dem gemacht?

– Rausgejagt hat er den alten Drecksack. Ein paar Mark, und der zog Leine.

Kundermann hatte früher unten im Haus seinen Altwarenhandel, darüber wohnte er hinter nikotingelben Vorhängen. Einmal waren Micha und ich dort und durchstöberten die modrigen Bücherregale nach billigen gebrauchten Heftchen und Comics. Kundermann saß an seinem Schreibtisch und beobachtete uns. Dann lud er uns auf ein paar Kekse in seine Wohnung ein. Wir gingen die schmale Wendeltreppe hoch in seine Küche und setzten uns an einen Tisch unter dem Fenster. Der Zigarettenrauch biss in meinen Augen. Die Tischdecke war aus Plastik und klebrig und voller brauner, kreisrunder Kaffeeränder. Kundermann hatte eine geöffnete Packung Kekse aus dem Hängeschrank gezogen und jeden einzeln auf einen Teller mit Goldrand gelegt. Ich hatte nichts zu sagen. Ich wusste nicht, wohin mit meinen Händen. Darum aß ich die viel zu weichen Kekse, während sich mein Bruder mit Kundermann darüber unterhielt, wo die alten Möbel herkämen.

Kundermann grinste.

– Die Leute verrecken, und dann kommt Kundermännchen. Du hast ja keine Ahnung, was so ein Bürger nach seinem Ableben hinterlässt.

Kundermann sagte auch etwas über die Locken meines Bruders. Ich drängte darauf, zu gehen.

Nach diesem Besuch in seiner Küche sah ich den alten Kundermann manchmal im Oberdorf. In der Mittagszeit schleppte er sich über den Pausenhof zum Sportplatz und ging auf dem elastischen Gummiboden der Hundertmeterbahn hin und her, als warte er auf etwas. Schließlich sprach er mich an.

– Wo, meine Schöne, ist dein Bruderherz mit den goldenen Locken?

Seine Worte kamen mir feucht und verboten vor. Ich sagte ihm, dass mein Bruder eine Lehre machte, in der großen Kreisstadt. Mein Bruder behauptete später, den Kundermann noch einmal gesehen zu haben, vor seiner Firma, in dem Lieferwagen, in dem er die Möbel transportierte, die er von den Toten abgestaubt hatte.

– Huschhusch in mein Körbchen, habe der Kundermann ihm durch das runtergekurbelte Fenster zugerufen und mit der rechten Hand ein paar schnelle Bewegungen gemacht. Dann sei er vom Fahrerbock gestiegen und habe sich meinem Bruder um den Lieferwagen herum genähert.

– Aber ich war schneller, sagte mein Bruder, das kann man wohl sagen!

Ein paar Tage später meldete die Zeitung, ein Unbekannter sei über Nacht auf das Gelände des Altwarenhändlers Kundermann eingedrungen und habe die Reifen seines Transporters aufgeschlitzt. Ich erinnere mich gut an das triumphierende Lächeln meines Bruders, als er mir die Zeitung in die Hand drückte.

– Zehn Jahre steht das Ding ungefähr, sagt Susi. Dein Bruder hat sich wie ein Stier vor die Haustür gestellt, als die Bauern mit ihren Güllewagen kamen, um gegen den Club zu protestieren. Die haben vor der ganzen Welt so getan, als sei ihnen das alles zuwider. Scheinheilig, hat Micha gesagt, und da hatte er mal recht, finde ich, auch wenn ich immer wusste, dass er mit seinem Swingerclub baden gehen wird. Das passt hier nicht her, habe ich gesagt, aber Micha wollte nichts hören. Hat seine ganzen Wochenenden in die Renovierung gesteckt, statt mal mit Max angeln zu gehen oder Rad fahren, und noch Kohle von eurer Mutter geliehen, für den Whirlpool.

– Läuft der Laden noch?, frage ich.

– Der lief noch nie. Wetten, dass das Dorf bald ein paar asselige Asylbewerber da einquartiert? Früher wär das noch was gewesen, ein Swingerclub auf dem Land.

– Und heute?

– Internet. Du solltest mal die Seiten sehen, die sich Max kostenlos runterlädt, das dreht dir den Magen um.

Wir fahren im Schritttempo durch eines der Neubaugebiete, die ich nicht kenne. Sie haben ein paar Wohnblöcke auf der flachen Wiese hochgezogen, ungeschützt und nur von Himmel und abgemähten Äckern umgeben. Schmale Wege verbinden die Blocks, versetzt stehende Häuser, die Geländer aus Edelstahl und Lochblech.

– Balkone in zwei Himmelsrichtungen, sage ich, das ist gut.

Susi soll nicht denken, dass ich für Munzing nur noch Verachtung übrighabe.

– Micha hatte keinen Balkon. Er ist ins Erdgeschoss gezogen. Es ist scheißdunkel, vor allem, wenn die Büsche weiter so hoch wachsen. Dafür schön billig.

– Hatte er so wenig Geld?

– Schulden ohne Ende hatte er!

Susi parkt vor einer Garagenreihe. Ich frage, was sie mit Michas Auto gemacht hat.

– Verkauft, sagt Susi. Ging ganz schnell. Hat 2000 Euro gebracht.

– Und das Motorrad?

– Steht in der Garage. Ein uraltes Ding, noch aus den Achtzigern. Eine Enduro XT 500 – weißt du noch, wie die Typen früher damit geprotzt haben? Micha hat sie vor ein paar Jahren irgendeinem Biker abgekauft. So eine Geländemaschine wollte ich immer haben, hat er gesagt, die war mein Jugendtraum. Knattert wie ein alter Rasenmäher. Anspringen tut sie auch nicht immer. Max soll die Kiste mit 18 kriegen. Hat Micha in seinem Testament verfügt. Wenn das ein Testament ist, was ich da in seiner Schublade gefunden habe. Ein ganzer Haufen karierter Zettel, aus einem Notizblock. An manchen hängen noch diese Zippel vom Abreißen. Er hatte schon einen kleinen Schuss, dein Bruder, das musst du zugeben. So, da wären wir.

Der Hausflur ist mannshoch gekachelt, die Steintreppe führt ein paar Stufen hinauf zu einer farblosen Tür, vor der eine Sisalmatte liegt. Micha hat seinen Namen von Hand auf einen Aufkleber geschrieben. Für einen Augenblick bilde ich mir ein, die Handschrift meiner Mutter zu erkennen, aber das kann nicht sein. Als er hier einzog, war sie schon tot. Susi zeigt mir den Schlüssel. Ein Kunstlederbeutel mit Goldaufdruck der hiesigen Sparkasse.

– Der gehörte Micha, sagt sie und öffnet die Tür. Ich hatte schon lange keinen Schlüssel mehr zu seiner Wohnung. Getrennt ist getrennt, auch wenn man ein gemeinsames Kind hat. Komm schon, Anna, trau dich rein!

Es soll die Wohnung meines Bruders sein, aber für mich gehört Micha woanders hin. Dorthin, wo einmal unser Zuhause war. Zwei Kinderzimmer, ein Wohnzimmer, in dem unsere Mutter schlief, die kleine Wohnküche. Ich erinnere mich, wie stickig es war, wenn ich aus der Schule kam. Es roch nach Teppichkleber und Waschpulver und dem Duftspray, das unsere Mutter in der fensterlosen Toilette versprühte. Ich lüftete Küche und Wohnzimmer, räumte das Frühstücksgeschirr weg, wärmte auf, was auf dem Herd stand, und goss Wasser in die leeren Töpfe. Dann ging ich mit einer Tafel Schokolade ins Wohnzimmer und wartete auf Micha. Ich war vielleicht zwölf, dreizehn Jahre alt. Die Sonne schien schräg auf den Teppich, winziger Bruch von Schokolade lag zwischen Silberpapierfetzen auf dem Couchtisch. Während ich wartete und Schokolade aß, hörte ich im Radio Songs, die sich die Belegschaft eines Kreiskrankenhauses, ein Turnverein oder eine Schulklasse vom Radiosender gewünscht hatten, *Stairway to heaven* oder *Carpet crawlers* oder ein Lied von Bob Dylan. Ich verfluchte Michas Entscheidung, eine Lehre zu machen, statt mittags aus der Schule nach Hause zu kommen. Ich hörte Wunschkonzert, lag auf dem Teppich und machte Hausaufgaben, *mach du ordentlich deine Hausaufgaben, damit wenigstens aus dir etwas wird,* sagte meine Mutter, seit mein Bruder die Schule verlassen hatte, es war ihr das Wichtigste, *du sollst nicht wie ich am Fließband landen.* Gegen halb fünf sah ich Micha endlich auf dem asphaltierten Weg, der zum Eingang unseres Blocks führte, den aus Andenwolle gewebten Sack um die Schulter. Er ging schlurfend mit großen Schritten, den Kopf etwas vorgereckt. Ich empfing ihn in der Tür, noch bevor er den Schlüssel ins Schloss gesteckt hatte.

– Na, Dreizehnfünf?, sagte ich, wie immer.

– Na, Fünfzehndrei?

Ein metallischer Geruch hing in seinen Kleidern, nicht mehr der alte, säuerliche Brudergeruch, sondern etwas, das er auch am Wochenende nicht loswurde. Micha warf seine Tasche auf die Kommode im Flur, nahm eine Flasche Orangensaft aus dem Kühlschrank und ging an mir vorbei in sein Zimmer. Nach einer Weile klopfte ich an und setzte mich zu ihm auf eines der Polster, die er aus dem Sperrmüll geklaubt und um eine umgekippte Gemüsekiste gestapelt hatte. Jeden Tag war das so, seit mein Bruder in die Lehre ging. Ich klopfte an, mein Bruder schwieg, ich saß da, im Rücken ein Kissen, vor uns die von Micha selbst gebaute Wasserpfeife mit einem langen Gummischlauch dran. Micha saugte, ich sah, wie das Wasser Blasen schlug.

Seine Augen waren geschlossen. Er behielt den Rauch sehr lange im Hals. Dann ließ er auf einmal los, es war eine Entscheidung, der Rauch stieg senkrecht aus seinem Mund nach oben in immer kleineren Wolken. Mein Bruder reichte mir den Schlauch, die Wasserblasen waren sehr viel kleiner als die meines Bruders, ich hustete, Micha beobachtete mich. Es ging nicht gut. Der Rauch quoll mir aus den Mundwinkeln, stieg in Nase und Augen. Mein Bruder fragte:

– Und, Fünfzehndrei, merkst du was von dem Stoff?

Ich schüttelte den Kopf.

– Was für eine Verschwendung, sagte mein Bruder lachend.

～

Frau Köhler schleppt eine Grillschale hinter den Wagen und einen Sack voll Kohle. Ich stelle Stühle hin, knote Polster an der Rückenlehne fest und mache mich daran, den Tisch zu decken. Wir sind von hohem Schilf umgeben. Am See selbst ist es zu zugig, der Wind zieht über die Wasseroberfläche und drängt zum Wald hin, der ihn wie eine Mauer abbremst und zurückwirft und wieder kommen lässt.

– Geht's uns gut, sagt Frau Köhler und pustet in die glühende Grillkohle. Jeder wäscht nachher sein eigenes Geschirr ab, das hab ich mit Erna auch immer so gemacht, sagt sie. Es gibt ja Streit um die komischsten Sachen.

Mit einem Stück Holz schiebt sie die Kohle in der Grillschale zusammen, die heiße Luft, die seitlich aufsteigt, schimmert blau. Frau Köhler hat ihre Steaks auf den Grill gelegt und ich die Hühnerbrust, die sie aus dem Dorf mitgebracht hat. Während das Fleisch brät, nascht Frau Köhler von dem Ochsenmaulsalat, der auf meiner Einkaufsliste stand, schiebt den Käse in den Mund, den ich in kleine Würfel geschnitten habe, und buttert Baguettescheiben. Wir haben Jacken angezogen, und weil es sicher bald noch kälter sein wird, habe ich auch die Wollmütze aufgesetzt, die meinem Bruder gehörte. Sie ist grau und sehr dick und riecht nach Talg und Wolle. Susi hat sie aus Michas Schrank gezogen und einmal umgekrempelt, damit sie passt.

– Die gehört jetzt dir, sagte sie, am See kannst du so was brauchen.

Ich kauere vor dem Grill und reibe meine Hände am Feuer.

– An richtig warmen Abenden muss es schön sein, sage ich zu Frau Köhler.

Frau Köhler nickt.

– Das ist die pure Freiheit.

Sie sieht nett aus, rotwangig und vergnügt, das Grillen scheint ihre Laune zu heben, die beleidigte Miene vom Vormittag ist verschwunden.

– Fühlen Sie sich nicht einsam?, frage ich.

Frau Köhler dreht mit einer Zange die Fleischstücke um. Fleischsaft tropft in die Glut.

– Die Erna hat immer gesagt: Gemeinsam sind wir einsam. Seit sie weg ist, na ja, man gewöhnt sich dran. Sie werden schon noch merken: In der Natur ist man weniger einsam als in der Stadt. Es gibt immer was zu tun.

– Was denn?

Frau Köhler schüttelt ungeduldig den Kopf.

– Die Insekten, die Schnecken, diese klebrigen Samen, die sich auf der Plane festsetzen, die Hecken muss man stutzen, kontrollieren, ob mit den anderen Wagen alles in Ordnung ist, und so weiter. Sie fragen mir aber auch Löcher in den Bauch! Damit ich Sie nichts frage, was? Wie war es denn in der Wohnung Ihres Bruders? Hat er Ihnen viel vermacht?

– Da war nichts. Er kam gerade so durch.

– Ach, kein Fernseher, keine Stereoanlage, nicht mal Bildbände oder so was?

– Nichts. Nur ein ziemlich neuer Computer, den seine Exfrau mitgenommen hat. Und ein Motorrad, sein Sohn soll das bekommen.

– Er hat einen Sohn?

– Max, sage ich, fast sechzehn, ich kenn ihn kaum.

– Sieht er ihm ähnlich?

– Wenig. Haben Sie ihn nicht gesehen? Er war gestern hier am See, mit seiner Mutter und Joe, einem alten Freund.

– Die Gestalt, mit der Sie dahinten im Gras gesessen haben? Dem möchte ich nicht im Dunkeln begegnen.

Ich mache eine Bewegung mit der Hand, etwas, das Frau Köhler stoppen soll. Sie ist sehr viel weniger verletzlich als ich, sie hat immerhin Erna und ihren Sohn, auch wenn er in Amerika wohnt, wo er eine Freundin hat und einen Job an einem Krankenhaus. Meine zupackende Mutter, denkt er wahrscheinlich, *very German,* von Jahr zu Jahr wird sie schrulliger, man muss sich vorsehen, du entkommst ihr nicht, *no way,* sie bemuttert dich nach Strich und Faden. Auch Micha dachte so.

– Unsere Mutter war vielleicht ein bisschen beschränkt, aber verdammt lieb, sagte er, als sie bereits gestorben war und er mich später ein erstes und letztes Mal in meiner Münchner Dachwohnung besuchte.

– Diese ganzen Macken fallen doch überhaupt nicht ins Gewicht, wenn ein Mensch so verdammt lieb ist, sagte er.

Ich verstehe nicht, warum er mir diese Bücher über Programmieren und Virenschutz und Netzsicherheit hinterlassen hat und die Hefte mit Formeln und Zahlen, als könnte ich irgendwas damit anfangen. Susi zog sie mit dem Fotoalbum aus einem Schubfach im Regal. Ich kenne das Album, weil es aus einer Reihe Fotos besteht, die wir mit meiner Kamera von uns allen gemacht hatten, damals, im Sommer. Susi hielt es in der Hand und blätterte darin, ich sah aus dem Fenster auf das Stück Wiese vor der Wohnung meines Bruders, viel kleiner als das Stück Wiese vor unserer Wohnung früher, ohne Teppichstange, ohne Wäschespinne, ohne Steinplatten dazwischen, einfach nur Wiese, sehr platt gemäht und fast frei von Unkraut.

– Wow, wie jung wir damals waren, sagte Susi beim Blättern. Schau mal, hier bist du mit dem Komantschen.

Ich beugte mich über ihre Schulter. Das Foto ist viel zu hell. Man erkennt unsere Gesichter kaum, aber wir lehnen aneinander, eng, meine Hand auf seiner nackten Brust, im Hintergrund Schilfgras und die glänzende Seeoberfläche.

– Der Komantsche. Wie bescheuert, sagte Susi. Wie sind wir nur auf diesen bescheuerten Namen gekommen?

– Wir haben ihn so genannt wegen der Haare und dem Stirnband und weil wir Indianer bewunderten, sagte ich.

Keiner wusste, wie er hieß. Er tauchte aus dem Nichts auf, an einem besonders öden Abend in der Baracke. Alle sprachen damals von der Baracke. Die Fahrräder, die verschwanden, die Paletten mit Joghurt, die in der Frühe vorm Supermarkt geklaut wurde, die Mercedessterne, die fehlten: Schuld war die kriminelle Brut in der Baracke. Bis spät in die Nacht hinein hingen wir in der Baracke auf Sesseln und Sofas vom Sperrmüll herum. Hin und wieder beschwerte sich der Dorfpolizist, weil wir die Anlage zu laut gedreht hatten. Abgesehen davon geschah nicht viel.

– Du kommst uns gerade recht, sagte mein Bruder, als dieser fremde Typ eines Abends zur Tür reintrat, groß und breit und mit hellbraunen Stiefeln. Der Typ und mein Bruder standen eine Weile am Tresen und tranken Bier, dann machten sie Armdrücken. Der Fremde gewann. Er warf ein riesiges Stück Schwarzen Afghanen auf den Tisch.

– Für alle, Mann, sagte er, zerkrümelte das Stück, drehte eine, wie er es nannte, Zigarette und ließ sie kreisen. Als ich die Zigarette weiterreichte, ohne daran zu ziehen, hob er die Augenbrauen.

– Es wäre Verschwendung, sagte ich. Es wirkt bei mir nicht.

Der Typ lehnte sich zurück, das eine Bein in den Jeans quer über das andere gelegt. Er trug ein weißes T-Shirt und einen Gürtel aus Leder. Ich hatte noch nie einen Jungen mit so langen, glatten Haaren gesehen. Sie waren mittelblond mit ein paar helleren Strähnen, und obwohl sein Gesicht eher derb war, etwas vernarbt, mit kleinen, sehr dunklen Augen, fiel es mir schwer, den Blick abzuwenden.

– Gibt's so was, sagte er.

Vielleicht war das schon der Anfang.

Susi und mein Bruder hatten ein paar Wochen zuvor begonnen, auf dem Sofa zu knutschen.

– Susi hat Quersumme neun, wie wir, sagte mein Bruder beim Frühstück. Von da an nannte er mich nicht mehr Fünfzehndrei, sondern Anna, aber Susi nannte er Neun, und das machte deutlich, wer hier zu wem gehörte. Aus Langeweile knutschte ich mit Frank herum, dem Sohn des Kiesgrubenbesitzers, im Neonlicht des Kellergewölbes vor den Toiletten. Frank war unbeholfen und knochig und trug Sweatshirts und Jeans, die zu dunkel und zu neu waren. Er hatte immer Geld, und als die Anlage in der Baracke kaputt war, beschaffte er uns eine neue und legte noch ein paar Platten von den Animals und den Who und Bruce Springsteen und Genesis obendrauf. Aber er wurde schnell wütend und lamentierte, und wenn mein Bruder ihn anfuhr, schwammen seine Augen in Tränen. Wir kannten die Striemen auf seinen Unterarmen, Susi hatte Franks Pullover hochgezogen, Frank weinte, als wir aus ihm herauspressten, dass ihn sein Vater mit einem Gürtel schlug.

– Los, wir gehen zu seinem Alten und zeigen es dem Schwein, sagte Joe.

– Mit dem muss der Süße schon allein fertig werden, sagte mein Bruder. Jeder muss mit seinem Alten allein fertig werden. Wer das nicht schafft, kann abstinken.

– Reiß das Maul nicht zu sehr auf, sagte Joe. Dein Alter ist ja weit genug weg.

– Und deiner hält dir wahrscheinlich noch Händchen, wenn er dich abends ins Bett bringt, was?

– Nur kein Neid, sagte Joe.

Dann wandte er sich an Frank.

– Richte deinem Alten von mir aus, dass er ein Arschloch ist.

Frank heulte immer noch. Joe zog ihn von der Couch hoch und klopfte ihm auf die Schulter. Frank lief der Rotz aus der Nase. Die Striemen und sein Geheul brachten ihm seinen Spitznamen ein. Zuerst nannte ihn Susi so, dann mein Bruder und bald sogar Joe. Nur mir ging es nicht über die Lippen. Bis zu dem Tag, als der fremde Typ in die Baracke kam und auf Frank zeigte und fragte, wer der verdammte Spießer in diesen unterirdischen Hosen sei.

– Das ist Frank, genannt Loser!, antwortete ich und alle lachten.

Beim Verlassen der Wohnung meines Bruders drückte mir Susi das Fotoalbum in die Hand.

– Behalt es. Und falls es dich interessiert: Er hieß Trajan. Wie irgendein Großonkel von ihm aus dem Osten. Aber nenn ihn nur weiter Komantsche. Trajan ist auch nicht viel besser.

~

Das Grillfleisch ist innen blutig. Frau Köhler hat die passenden Messer, mühelos schieben sich die Klingen durchs Fleisch. Frau Köhler nickt mir aufmunternd zu. Vom Essen wird mir warm, wir trinken den Rotwein in großen Schlucken, er ist stärker, als ich erwartet habe, die scharfe Grillsauce treibt mir das Wasser in die Augen. Ich schnäuze mich mit der Linken und halte das Weinglas in der Rechten.

– Jetzt das Huhn!, sagt Frau Köhler.

Endlich lehne ich mich in dem gepolsterten Stuhl zurück. Ich möchte ins Wasser springen, um mich abzukühlen, aber Frau Köhler sagt:

– Bei Nacht ist schon so mancher im See ertrunken.

Sie schiebt die Teller zusammen und zündet sich eine Zigarette an.

– Aber ich will Ihnen an einem so schönen Abend keine Schauermärchen auftischen. Ich bin ja froh, dass Sie mal richtig was gegessen haben. Erzählen Sie mir doch von Ihrem Freund oder Exfreund. Ist das denn überhaupt vorbei? Weiß er, wo Sie sind?

Es fällt mir schwer zu antworten. Ich fürchte, die Worte nicht richtig rauszubringen. Aber Frau Köhler lässt nicht locker.

– Aha, Luis heißt er also, ist er so alt wie Sie? Arbeitet er auch an der Universität?

– Er würde nicht herpassen, sage ich.

– Na und?, sagt Frau Köhler. Der See und der Campingplatz haben noch jeden bezaubert!

– Er ist ein bisschen eigen.

– Das sind wir alle!

Die Rotweinflasche ist leer, Frau Köhler steht auf und geht in den Wagen. Ohne sie, denke ich, hielte ich es nicht aus: Nicht bei mir zu Hause, nicht in Munzing und schon gar nicht hier am See.

– Was hatte dieser Luis denn an Ihnen auszusetzen?, ruft Frau Köhler aus dem Wagen heraus.

Ich tue, als hätte ich ihre Frage nicht gehört.

– Was hatte dieser Luis an Ihnen auszusetzen?, sagt Frau Köhler nochmals, als sie das Tablett mit der Schnapsflasche und den pastellfarbenen kleinen Gläsern auf dem Tisch absetzt.

Ich zucke mit den Achseln und proste ihr zu und sage etwas Nettes, aber ihre Frage beantworte ich nicht.

～

Auf der Straße höre ich Susis Lachen. Sie hat ein paar Kleiderständer vor die Ladentür gestellt, billige Neuware, T-Shirtkleider mit großen Mustern und Blusen mit Stickereien. Drinnen steht sie neben einer rosalackierten Kasse und telefoniert. Sie winkt mich rein, ein Song von Whitney Houston läuft. Es riecht nach Patchouli. Susi hat Duftlampen aufgestellt, anders hält sie den Geruch der Kleider nicht aus.

– Schau dich in Ruhe um, sagt sie, als sie den Hörer aufgelegt hat. Ich hab hier eine Menge reingesteckt.

Sie tritt vor den Tresen.

– Schau, die Tapeten dahinten mit dem grünen Tropfenmuster: extra in Frankreich gekauft.

Die Kupferstangen für die Kleider. Der Kronleuchter. Die Kasse. Alles Antiquitäten. Echte Unikate. Der Laden soll was fürs Auge sein, hab ich zu Micha gesagt. Das ist keine Absteige für Typen, die sich neue Kleider nicht leisten können. Wer hier einkauft, hat einen Sinn für gute Klamotten. Die kommen sogar aus der Stadt hierher, weil sie wissen, dass alles super vorsortiert ist.

Sie streicht mit dem Handrücken über die Ketten, die an einem Brett hinter dem Verkaufstresen hängen, nimmt ein Paar Ohrringe aus spitz zulaufendem Perlmutt und hält sie sich ans Haar.

– Und ich sag den Frauen natürlich, dass sie klasse aussehen, egal wie alt und fett sie sind. So was muss man in diesem Job einfach können.

– Ich dachte immer, du wolltest weg von hier, sage ich.

– Was du noch weißt! Ich wollte schon. Aber dann kam Max. Wir waren viel zu jung, aber Micha war ganz scharf auf das Baby. Also: Max kam und ausdiemaus. Man kann nicht alles haben, sonst hat man am Ende nichts.

Sie lacht.

– Und woher hast du das Geld für das hier?

– Gespart. Vom Mund weg. Max wollte immer mal mit mir verreisen. Wie andere Kinder.

Aber wenn man einen Traum hat, haut man nicht ab. Man macht ihn wahr.

Sie greift nach einem Kleid aus lila Wollgemisch mit einem dicken Rollkragen.

– Ich geb zu: Manchmal ist das eher ein Albtraum. Schau mal, das hier, da passt du zweimal rein. Die Leute geben die erbärmlichsten Kleider in Kommission, Sachen, die du im Leben nicht loswirst, nicht mal hier in diesem Nest. Aber das könnte dir stehen!

Sie schiebt mich hinter den Vorhang einer Umkleidekabine und wirft ein Wickelkleid mit breiten, schrägen Streifen über den Plüschhocker in der Ecke. Viel zu schrill für meinen Geschmack.

– Original siebziger Jahre. Ein Hamburger Label. Keine Ahnung, auf welchen Umwegen das hierhergekommen ist. Das macht Brust, ich sag's dir. Mein coolstes Stück, ruft sie.

Ich stehe vor ihr mit meinen schwarzen Socken, in diesem Wickelkleid, sie nickt.

– Geil, passt doch. Das würde Joe gefallen, der steht auf so was. Kostet eigentlich neunundvierzig, aber ich geb's dir für zwanzig.

– Ich weiß nicht, sage ich.

Susi zieht einen Seidenschal aus dem Regal, blau mit goldenen Pailletten.

– Und den bekommst du dazu. Gratis.

Ich ziehe mich um. Susi packt Kleid und Schal in eine Tüte, kassiert zwanzig Euro, stellt die Musik lauter und geht mit mir vor die Tür, um eine Zigarette zu rauchen. Vor ihrem Laden ist es schattig. Die Sonne scheint auf den gepflasterten Vorplatz des Discounters hundert Meter weiter. Eine Frau schiebt ihr leeres Gehwägelchen vor sich her, als koste das viel Kraft.

– Hast du es geahnt?, frage ich.

Sie weiß sofort, was ich meine.

– Klar. Nicht, dass er es so macht. Aber dass er es irgendwann macht. Das hab ich geahnt. Du nicht?

– Nein, sage ich. Ich habe ihn lange nicht mehr gesehen.

Susi klopft die Asche am Geländer ab.

– Es ging ihm beschissen. Max hat das deutlich genug mitgekriegt. Das war schlimm für den Jungen. Darum fing er an zu saufen, wie wir damals. Aber wir waren doch gut drauf, oder? Es ist was anderes, ob man säuft und gut drauf ist und feiert bis zum Umfallen, oder ob man säuft, weil man es satthat. Der Max ist erst fünfzehn und hat es manchmal so satt. Einmal hab ich ihn in der Badewanne gefunden, brüllend laute Musik und mit einem Küchenmesser. Scheiße noch mal, da war er gerade vierzehn.

Susi hebt ihre Hand, an der sie drei goldene Ringe trägt mit riesigen Steinen in den unterschiedlichsten Farben. Sie winkt. Eine Frau auf der gegenüberliegenden Seite kommt auf uns zu. Susi drückt ihre Zigarette mit der Sandale aus und verschwindet mit der Frau in den Laden.

– Ganz viele schnuckelige Sachen hab ich in Kommission, sagt sie zu ihr, da ist bestimmt was für dich dabei!

Ich stütze mich auf das Geländer vor der Tür. Susi hat ein paar Geranientöpfe daran befestigt, eine Biene kreist über den halb vertrockneten Blüten. Vielleicht, denke ich, waren wir alle immer schon so. Wir haben uns gar nicht verändert, ein paar Erfahrungen mehr, ein paar Erfahrungen weniger. Alle waren schon damals das, was sie heute sind. Susis Stimme ist in den vergangenen Jahren rauer geworden. Sie wirkt noch entschiedener als früher, das ist alles.

∼

– Was willst du denn noch mal in Michas Wohnung?, fragt Susi.

– Rumsitzen. An ihn denken. Irgendwas.

– Du packst das. Es dauert halt ein bisschen, sagt Susi. Schau mich an.

– Das ist was anderes.

– So anders ist das gar nicht. Ich hätte gleich die Finger von ihm lassen sollen. Ich hab mal gedacht: Aus dem wird was. Der macht es nach oben. Weißt du noch, wie der mit Zahlen umging? Und dann ist er so abgeschmiert, mit der Lehre fing es an, jedes Jahr ein bisschen mehr, am schlimmsten nach dem Tod eurer Mutter. Und mir rennt er ewig hinterher und erzählt Gott weiß was. Alles Geschwätz.

Susi sieht nachdenklich aus.

– Ich gerate immer an solche Typen. Das ist schon meiner Mutter so gegangen, mein Vater muss auch so einer gewesen sein. Ist doch irre, dass man nicht aus seiner Haut kommt.

– Sie tut so stark, sagte mein Bruder zu mir, als sie längst getrennt waren, aber in Wirklichkeit, sagte er, ist Susi eine arme, gequälte Sau.

Ich stopfe die Tüte mit Susis Sachen in den Müllcontainer vor Michas Haus. Susi hat gesagt, der Couchtisch und der ganze Rest werde morgen von einer Entrümpelungsfirma abgeholt, daran sei nichts mehr zu verdienen, und es stimmt: Der Couchtisch ist ein verkratztes Ding aus schwarz lackiertem Pressspan. Auch die Schrankwand taugt nichts mehr, Susi hat die zwei Regalbretter in der Mitte leer geräumt und rausgeholt, was in den Schränken und Schubladen war.

– Eh nicht viel, zum Glück war das kein Typ, der was ansammelt.

Übrig sind noch der verspiegelte Kleiderschrank im Schlafzimmer und ein alter Futon am Boden. Susi hat sich nicht die Mühe gemacht, die Wohnung zu wischen oder zu saugen. Sie nahm ein paar Kleider und die Plattensammlung mit und stopfte die herumliegenden Sachen in Mülltüten. Das, sagte sie, sei schon Aufwand genug gewesen.

– Du kannst dir nicht vorstellen, wie er gehaust hat. Nicht mal die Pizzakartons und die Flaschen hat er entsorgt. Das musste Max gestern machen. Viermal ist er zum Container gegangen!

Irgendwo im Haus tönen Stimmen aus einem Fernseher. Hinter der Tür hängt ein Bild in einem Wechselrahmen. Die Nachmittagssonne spiegelt sich darin, vielleicht bemerke ich es darum. Von Nahem erkenne ich das Foto eines Motorrads, die schmale Enduro mit dem unverkleideten Motor vor einer verschneiten Bergkulisse, sicher die Dolomiten, in der Ferne ihr typischer, kurios aufragenden Schattenriss. Mein Bruder steht seitlich im Bild, er macht sein ernstes Fotogesicht und hält den Helm so fest in den behandschuhten Händen, als fürchte er, ihn fallen zu lassen.

Unsere letzte Begegnung fällt mir ein, es war kurz nach dem Tod unserer Mutter, ein paar Monate, bevor ich Luis kennenlernte. Ich hatte eine Assistentenstelle in München. Meine Wohnung befand sich unter dem Dach, die Küche war quadratisch und von der gleichen Größe wie das Zimmer, in dem ich schlief. Gerade hatte sich Philipp von mir verabschiedet, der hin und wieder bei mir übernachtete. Er wohnte in einer WG mit Studenten, nette Leute in so verworrenen Verhältnissen wie er selbst. Ich hatte ihm nachgesehen, wie er die steile Holztreppe hinunterging, und mich dann mit meinen Büchern an den Arbeitstisch in der Küche gesetzt und angefangen, all die Randnotizen und Bleistiftstriche und Leuchtstiftmarkierungen auf den kopierten Blättern vor mir in den Computer einzugeben. Da klingelte es, mein Bruder stand vor der Tür. Er kam unangemeldet, wie es seine Art war, ich betrachtete ihn durch den Spion, seine breiten Wangenknochen, den großen Mund und wie er sich unbeobachtet wähnte und seine Locken mit der Hand zurückstrich. Eine ganze Weile stand ich da in meinen Wollsocken und starrte durch den Spion. Ich zögerte. Schließlich öffnete ich doch. Micha folgte mir in die Küche, erkannte sofort unseren alten Esstisch und strich mit der Hand über die Tischplatte.

– Na, Fünfzehndrei, so lebst du also!

Ich bot ihm Wasser und Wein an.

– Hast du kein Bier?

Er nahm den Wein, ich füllte eine Schale mit Pistazien und setzte mich zu ihm.

Mein Bruder kam von einem Firmenbesuch. Er hatte sich einem Betrieb vorgestellt und ein Bewerbungsgespräch durchgestanden und, wie er sagte,

– die Arschlöcher um den Finger gewickelt, und 'ne ganze Menge rausgeschlagen.

Er tat, als sei ihm eine bessere Stelle niemals untergekommen. Er würde sogar, behauptete er, von zu Hause und aus Max' Nähe weg- und hierherziehen, um diese Stelle anzunehmen. Die metallverarbeitende Industrie unserer Gegend wollte ihn nicht mehr, die Firma unserer Mutter war keine Ausnahme. Überall hatte er, auch wenn unsere Mutter zu ihren Lebzeiten nichts davon hören wollte, verbrannte Erde hinterlassen. Sie sagte:

– Nichts ist ihm gut genug. Es klang bewundernd.

Auch an diesem Tag erzählte er mir eine krause Geschichte von seiner letzten Arbeitstelle. Wie immer konnte ich ihm nicht richtig folgen und versuchte einen Einwand, aber das machte seine Wut auf die völlige Unfähigkeit,

wie er es nannte, seines Meisters nur noch größer.

– Hätte ich doch nie mit dieser beknackten
Lehre angefangen, sagte er. Und dir haben sie
immer alles in den Arsch geschoben! Mein kleines Schwesterchen, always on the bright side,
hm?

Wahrscheinlich hatte er schon vor dem Besuch getrunken. Ich stand auf und ging zum
Fenster und betrachtete die Ziegel, in deren Rit-
zen sich Moos gebildet hatte, und die kleinen
Kotflecken der Tauben in der Regenrinne und
den Himmel, der allmählich eintrübte, und
ich schwieg. Ich hätte meinen Bruder raus-
werfen können, unsere Mutter lebte ja nicht
mehr.

Stattdessen blieb ich eine Weile am Fenster
stehen, ordnete ein paar Blätter auf dem Arbeitstisch, drehte mich dann zu ihm um und sagte so,
wie ich es früher getan hätte:

– Du brauchst Kohle?

– Klar doch, Fünfzehndrei. Sonst wäre ich ja
nicht hier.

～

In Michas Küche fülle ich mir ein Glas mit Leitungswasser und tippe einen Satz für Luis in
mein Handy.

– Ich denke an dich, als wäre gar keine Zeit vergangen.

Tatsächlich fällt mir immer wieder Luis ein, ich denke an Micha und sehe Luis vor mir, ich sehe Micha und denke an Luis, manchmal trennt keine Sekunde den einen vom anderen. Luis steht da, in dem sonnigen Innenhof der Universität. Es war unsere erste Begegnung. Er trug einen altmodischen Anzug aus hellbraunem Cord, und hatte mitten in diesem Innenhof, in dem ein paar Bäume standen und einige Steinbänke, die Augen geschlossen und das Gesicht der Sonne zugeneigt. Als er spürte, dass ich ihn beobachtete, drehte er sich zu mir um. Er war nicht verunsichert. Er forderte mich einfach auf, es ihm gleichzutun.

– Der Winter, sagte er, hat lang genug gedauert!

Und ich habe mich ohne Zögern neben ihn gestellt und es ihm gleichgetan, und die Sonne färbte meine Lider rot und ich spürte ihre Wärme. Später gingen wir gemeinsam in ein Café und aßen Brühe mit Eierstich und tranken Tee, und dann flanierten wir durch die Stadt, stundenlang vom einen zum anderen Ende und wieder zurück, in die seitlich des Zentrums und um das Zentrum herum gelegenen Viertel und ohne ein Ziel. Obwohl ich in dieser Stadt immer ein Ziel gehabt und es auf dem schnellsten Weg zu erreichen versucht hatte, ein Einkaufsziel oder ein Arbeitsziel oder ein Besuchsziel, war mit Luis ein Ziel nicht nötig. Sogar das Restaurant, in das wir später gingen, suchten wir auf eine ziellose, streunende Weise aus. Luis lud mich ein, wir bestellten nicht einzelne Gläser, wie ich es gewohnt war, sondern eine ganze Flasche Wein in einem silbernen Kühler, es war einfach, sich zu einigen, wir prosteten uns zu und redeten. Seine Stimme war etwas zu hell, manchmal stockte er mitten im Satz, als hätte er sich das Stottern abgewöhnt, aber ich mochte diese helle Stimme und das Stocken, und als wir aufhörten zu reden und uns ansahen, war da diese plötzliche Befangenheit, mit der es begann oder zu beginnen schien, denn eigentlich begann es immer wieder, wie in jeder Liebesgeschichte gab es auch in dieser mehrere Anläufe, das Befremden wuchs und wich und kehrte zurück. Und obwohl sich alles an einem einzigen Nachmittag entschied, weiß ich heute: Ich fürchtete mich von Anfang an. Ich fragte mich, was dieser Mann an mir fand, meine glatten, rötlichen Haare, die Haut übersät von Sommersprossen und dünn und weiß wie Papier. Wie er mich umarmen konnte, ohne sich an meinem Schlüsselbein und an den Rippen und Ellbogenknochen zu stoßen. Ich entzog mich, er hielt mir die Hand hin, eine nicht sehr große, aber kräftige Hand. Immer wieder wartete er auf mich, es fiel ihm schwer, er gewöhnte sich nicht an meine Rückzüge, ich wusste das, aber er wartete und vielleicht würde er das noch heute tun, wäre da nicht die Reise nach Neapel gewesen und der Vesuv, an dessen Kraterrand wir standen, unter uns die im Smog wie schwebende Stadt. Wir waren noch müde von der Fahrt mit dem Nachtzug, hatten in einer Bar am Bahnhof unseren ersten Capuccino getrunken und zwei Hörnchen mit Vanillecreme gegessen und zwei weitere Hörnchen bestellt und dann ein Taxi gerufen, und statt das Hotel aufzusuchen, wie es vernünftig gewesen wäre, steuerten wir sofort den Vesuv an, weil Luis es so wollte. Ich wollte ins Hotel, er zum Vesuv. Ich war müde, er auf eine flirrende Weise hellwach. Schon sein Ton war ungewöhnlich und hätte mich verdächtig stimmen können. Aber ich wunderte mich nur, und obwohl er am Kraterrand eine kleine Schachtel mit zwei Ringen auspackte, erfasste ich die Bedeutung nicht, die seine Frage für ihn hatte. Ich schüttelte den Kopf, verärgert darüber, dass er mir zumutete, mich ausgerechnet hier oben, an diesem Morgen nach einer anstrengenden Nachtfahrt im Zug und an einem auf abgeschmackte Weise hoch symbolischen Ort, zu ihm, wie er sagte, zu bekennen und zu einer gemeinsamen Zukunft und vielleicht auch zu einem Kind. Ich dachte an das Taxi, das auf dem Parkplatz mit unseren Koffern auf uns warten sollte. Und wenn der Fahrer nicht wartet und sich mit unserem Gepäck aus dem Staub macht, dachte ich beim Betrachten der beiden Silberringe in ihrem hohen blauen Polster aus Kunstplüsch, was dann?

– Auf dem Vesuv, spinnst du!, sagte ich. Es sollte belustigt klingen. Er klappte den Deckel der Schachtel zu und steckte sie in seine Jackentasche zurück. Wir verloren kein Wort mehr darüber. Ich war harsch gewesen, ich hatte es zu leicht genommen. Lass uns ein andermal darüber reden, sagte ich. Wenn wir ausgeschlafen sind. Du weißt doch, wie wenig mir solche Symbole und Rituale bedeuten. Er schwieg, und als ich meinen Arm um ihn legte, trat er zur Seite, gerade so weit, dass ich für den Bruchteil einer Sekunde mit erhobenem, leerem Arm dastand und ahnte, wie sich Luis an meiner Seite immer wieder gefühlt haben musste. In den darauffolgenden Tagen besichtigten wir Pompeji. Wir saßen auf dem staubigen Boden vor einer Häuserreihe, lehnten an der Mauer und streckten die Beine von uns. Wir liefen durch Neapel und hielten die Schultergurte unserer Rucksäcke mit den

Händen fest, wenn ein Junge auf seinem knatternden Mofa sehr eng an uns vorbeipreschte. Wir durchstreiften die Straßen nach Bars und Cafés. Wir tranken Wein. Wir setzten über nach Capri, ohne uns um die Insel zu kümmern, und badeten im Meer an dem immergleichen Stück Sandstrand. Wir lasen, wir schliefen, ganz so, als seien wir noch dieselben. Zu Hause, dachte ich, wo wir unsere getrennten, aber auch für den anderen eingerichteten Wohnungen hatten und unsere eigenen, aber aufeinander bezogenen Tages- und Wochenabläufe, würde alles sein wie eh und je, die Szene auf dem Vesuv ein Patzer, nichts weiter. Und tatsächlich sah es eine Weile so aus. Wir trafen uns, aßen und schliefen miteinander, besuchten unsere Ausstellungen und Konzerte und gingen ins Kino. Aber in Wirklichkeit war mir Luis auf dem Vesuv abhandengekommen und hatte nicht vor, den Weg zurück zu mir zu suchen.

– Weil du mir schadest, sagte er am Tag unserer Trennung. Weil du nichts änderst. Weil du mich nicht liebst.

~

Ich stelle das Glas in die Spüle und schließe die Fenster, als es klingelt. Vor der Tür steht Joe in einem weißen Poloshirt, freundlich wie immer, obwohl er nicht lächelt. Ich öffne ihm, er umarmt mich, länger als das letzte Mal.

– Ich wollte gerade gehen, sage ich.

– Susi hat mir erzählt, dass du hier bist. Da dachte ich, ich hol dich mit zu uns. Damit du wenigstens am Samstagabend andere Leute um dich hast als diese komische Campingtusse.

Ich lasse Joe rein, so, als sei es meine Wohnung. Er setzt sich auf den Couchtisch, spielt mit seinem Wagenschlüssel und sieht sich um.

– Ein Loch ist das, sagt er.

Es tut weh zu denken, dass mein Bruder in einem Loch gewohnt hat. Ich zeige auf das Bild hinter der Tür.

– Hast du eine Ahnung, wo er da mit dem Motorrad war?

Joe betrachtet das Foto.

– Klar, sagt er. Das war unsere letzte Fahrt. Vier Tage Dolomiten an Pfingsten.

– Hast du das Foto gemacht?

– Ja. Er war so gut gelaunt. Fast wie früher. Du weißt schon, wie er manchmal ankam mit ein paar Flaschen Bier und einem seiner Sprüche: Hey, Joe, hat er gesagt, was kostet die Welt!

– Kann ich das Foto haben? Max will es bestimmt nicht. Sonst hätte er es ja mitgenommen.

Joe löst das Bild von seinem Haken.

– Nimm es. Komm, wir fahren jetzt, Ina hat schon angefangen zu kochen.

– Warst du oft hier?, frage ich.

– Kaum. Wir haben Micha lieber zu uns eingeladen. Auch wegen der Kinder. Du glaubst es vielleicht nicht, aber mit den Kindern war er richtig nett. Kein Vergleich dazu, wie er zwischendurch mit Max umgegangen ist. Ich meine: Wie er mit Max umgegangen sein soll, laut Susi.

Ich packe das Bild in meine Handtasche und schließe die Tür mehrfach ab.

– Erinnerst du dich an den Komantschen?, frage ich beim Einsteigen in Joes Wagen.

– Klar.

– Was meinst du, warum hat er sich nie wieder blicken lassen?

Joe lässt den Wagen an.

– Aus Angst. Er hatte ja noch mehr auf dem Kerbholz, Drogen, du weißt schon. Ich vermute mal, er hat uns nicht getraut. Er dachte nicht, dass wir dichthalten. Wahrscheinlich hatte Micha recht.

– Womit denn?

– Er hat gesagt, es sei besser so. Auch für dich. Was wollte meine Schwester mit diesem Wichtigtuer, hat er gesagt, der hat ihr überhaupt nicht gutgetan.

– Habt ihr öfter über den Sommer geredet?

– Nie. Es hat uns alle nicht kaltgelassen, das ist ja normal. Aber wir wollten nicht drüber reden. Dann kam diese Fahrt in die Dolomiten. Wir saßen vor einer Jausenstation. Micha ging rein, um Speck und Bier zu holen. Es hat eine ganze Weile gedauert. Ich war schon ungeduldig. Als er rauskam, hatte er keine Gläser dabei, nichts zu essen, gar nix, er war kreideweiß und packte mich am Arm und sagte, dass wir fahren müssten, und zwar sofort. Ich dachte, vielleicht fühlt er sich nicht gut und will darum in die nächste Stadt. In der Nacht dann, unten, in unserem Hotelzimmer, hat er gesagt, dass da einer in der Jausenstation gewesen sei, mit Haaren wie der Komantsche. Ob ich die irre Maschine vor der Station gesehen hätte? Typisch Komantsche, sagte er. War er's, hast du mit ihm gesprochen, hab ich gefragt, hat er dich erkannt? Aber Micha sagte, dass ich den Mund halten sollte. Und dass er einen Fehler gemacht hätte. Den größten seines Lebens, sagte er. Wir waren ziemlich besoffen. Am nächsten Tag hat er alles geleugnet. Er hätte sich getäuscht, hat er gesagt. Er hätte Mist erzählt. Manchmal stimmt es nicht in meinem Kopf, hat er gesagt, zu viel Alkohol, zu viel Wunden. Vielleicht hat Susi eine Ahnung, was er meinte. Ich hab sie nie gefragt. Es ist nicht einfach, Susi was über Micha zu fragen, das hast du sicher schon bemerkt.

Joe bog in eine Seitenstraße mit Einfamilienhäusern ein, große, weiß gestrichene Gebäude, von Gärten und Buchsbaumhecken umschlossen. Vor einem Haus mit geschnitztem Holzbalkon und Geranienkästen und einem efeuumrankten Carport hält er an.

– Hier wären wir. Und jetzt hören wir auf mit diesem Zeug aus der Vergangenheit. Ina mag das nicht. Und lass auch Susi aus dem Spiel, bitte. Entspann dich einfach. Man sieht dir an, dass du das nötig hast.

~

Gegen zehn Uhr fährt mich Joe zum See zurück. Er küsst mich zum Abschied, ein verrutschter Kuss, der statt der Wange die Schläfe trifft. Das war nichts, sagt Joe, du musst stillhalten, und ich halte still und er küsst mich ein zweites Mal. Ich schlage Frau Köhlers Angebot aus, mich auf einen Schnaps zu ihr zu setzen, und gehe ins Bett.

Es war ein kühler Abend. Wir saßen im Garten hinter dem Haus, Ina gab mir ein breites, grob gemustertes Tuch, das ich mir um die Schultern legen konnte. Während sie eine Gemüsesuppe zubereitete und Risotto mit Meeresfrüchten und anschließend Panna Cotta mit

Himbeeren und all das nach und nach servierte, saß ich auf der Terrasse und las ihrer Tochter aus einem Kinderbuch vor. Joes und Inas Tochter heißt Mia, der Sohn, noch ein Baby, Jan. Jan schlief schon, oben, im Elternzimmer, ich hatte ihn im Ehebett liegen sehen, winzig auf einem Schaffell, ein paar Kissen waren um ihn herumgestopft.

– Damit er sich geschützt fühlt. So als liege jemand bei ihm, sagte Ina.

Joe goss die Blumenbeete und sprenkelte die Wiese.

– Vergiss nicht wieder die Rosen am Carport!, rief Ina aus der Küche.

Joe brummte etwas.

– Und hol bitte den Wein aus dem Keller, du weißt schon, den mittleren.

Joe antwortete nicht.

Ina rief noch einmal:

– Du sollst den Wein aus dem Keller holen, den mittleren, hast du nicht gehört? Bitte!

Joe musste es gehört haben, sie hatte so schrill gerufen, aber er hielt den roten Schlauch in der Hand und sprenkelte die Wiese, das Gras sah schon ganz durchnässt aus und der Erdboden, der durchschimmerte, glänzte, er sprenkelte immer dieselbe Stelle, bis Ina in ihrer Küchenschürze auf die Terrasse kam.

– Verdammt noch mal, hörst du mich denn nicht? Ich möchte, dass du den Wein aus dem Keller holst.

Joe blickte nicht auf. Ina verschwand wieder in die Küche.

Ich las Mia die Geschichte der Kuh Else vor, die aus ihrem Stall aufbricht, um an einem Stierkampf teilzunehmen, obwohl Kühen die Teilnahme am Stierkampf verboten ist. Also wälzt sich Else im Schlamm, um finster auszusehen, und balanciert ein paar Tannenzapfen auf der Stirn, als gefährliche Hörner. Mia lacht wahrscheinlich jedes Mal, wenn sie zu der Seite mit der als Stier verkleideten Else kommt. Sie lachte auch an diesem Abend.

– Keine besonders gute Verkleidung, sagte ich.

Mia lachte noch schallender. Ich hielt sie auf dem Schoß und lachte mit. Ich las weiter. Aber nach jedem Buch sagte Mia:

– Guck Else an!

Und wir blätterten zu Else zurück und lachten Tränen. Es dunkelte schon. Joe hatte den Wein geholt und am Rand der Terrasse mehrere Fackeln aufgestellt und auf den Tisch eine Öllampe, um die die Mücken kreisten. Ich hielt das Bilderbuch ins Licht und las. Dabei spürte ich Mias Haar am Kinn. Es war mit einer Marienkä-

ferspange überm Ohr befestigt, winzige, knall-
rote Marienkäfer auf hellgrünem Grund. Mia
rieb ihre nackten Füße aneinander. Sie machte
sich klein und rund auf meinem Schoß. Ihr Gewicht drückte mir auf die Beine. Sie wurde immer schwerer, so müde war sie. Es tat gut, sie bei
mir zu haben. Ich spürte das, als Joe ihr unter
die Achseln griff, sie hochhob und mit ihr nach
oben ins Kinderzimmer ging. Ina setzte sich zu
mir an den Tisch.

– Schön habt ihr es hier, sagte ich.

Ina hatte ihr Haar hochgesteckt und eine
verwaschene Jeansjacke übergezogen. Am Himmel zeigten sich die ersten Sterne, dabei war es
noch nicht einmal neun Uhr.

– O Gott, sagte Ina, ich hätte keine Panna
Cotta essen sollen, wenn ich so weitermache,
kann ich mich gar nicht mehr im Spiegel an-
schauen.

– Tut mir leid, dass du wegen mir so lange in
der Küche geschuftet hast.

– Keine Ursache, wir haben selten genug
Gäste. Joe beklagt sich immer. Er sagt, wir könnten uns gleich einsargen, so früh wie ich ins Bett
gehe. Aber ich bin abends so schrecklich müde.
Du kannst dir nicht vorstellen, was Männer trei-
ben, wenn sie Kinder haben. Kein Wochenende
ohne Motorradtour. Er braucht das, sagt er. Als

ob man nicht auch mal verzichten könnte. Du hast ja gemerkt, dass wir uns gerade auf die Nerven gehen, obwohl mir ständig alle vorbeten, Joe sei der netteste Mann, den sie sich vorstellen können. Und du? Wie ist das mit dir? Genießt du deine Freiheit? Willst du keine Kinder? Das könnte ich verstehen. Es passt auch gar nicht zu dir.

– Mia wäre da anderer Meinung, sagte Joe, der gerade zur Terrasse rauskam. Sie möchte, dass Anna noch mal zu ihr raufgeht.

– Dann bitte, sagte Ina. Wenn die kleine Prinzessin das wünscht.

Joe begleitete mich nach oben. Wir standen in der Tür des Kinderzimmers, ein hellgelber Raum mit Holzmöbeln und Herzchenvorhang, ordentlich und hübsch.

– Gute Nacht, Mia, sagte ich.

– Kommst du noch mal?, fragte Mia.

– Ich komm noch mal, wenn du schläfst.

– Liest du mir vor?

– Ein andermal. Du musst mich nur am See besuchen.

– Wohnst du am See?, fragte sie skeptisch. Da wohnen doch nur Enten.

– Und im Sommer die Leute im Wohnwagen, sagte Joe. Du erinnerst dich bestimmt an die Wohnwagen. Da wohnt Anna.

– Ach ja, sagte sie, das Haus mit Rollen. Dann besuch ich dich da. Und das Buch mit der Else bringe ich mit. Und dann ...

Sie lag in ihrem Kissen, das Gesicht zur Seite gewandt, und hielt einen großen Teddy im Arm.

– Und dann?

– Rollen wir weg, sagte sie.

～

Es ist meine fünfte Nacht im Campingwagen, ich schlafe unruhig, im Traum liegt der Komantsche neben mir, als hätte es die zwanzig Jahren seither nicht gegeben, seine Haut duftet, die Stimme ist tief und ohne den geringsten Anflug von Dialekt, obwohl er behauptete, in der Gegend geboren zu sein. Jeden Tag kam er damals ins Tal herunter, wir alle waren froh darüber, nur Frank verhielt sich noch stiller als sonst. Der Komantsche lungerte mit uns auf den Polstern in der Baracke herum, die Arme breit auf der Sofalehne, und erzählte. Er wohnte hoch oben in den Bergen, verstreute Höfe, deren schwarze Dächer auf der Nordseite den Boden berührten, meist in Nebel gehüllt. Erst im Sommer verzog sich die Dunkelheit, auf den schattigen Feldern tauten Reste von Schnee, im Wald blieb übers ganze Jahr karstiger, weißer Grund. Wir verstanden gut, warum der Komantsche von dort oben zu uns ins Tal runter kam, bei ihm zu Hause gab es nichts, nur ein paar Bergbauern, die im Suff aufeinander losgingen.

– Mit der Axt, sagte der Komantsche lässig. Der Gruber hat auf meinen Stiefvater eingeschlagen. Glaub mir, Mann, ich war dabei.

Er erzählte, wie der Stiefvater die Frau vom Gruber anbaggerte.

– Die einzige richtige Frau da oben, wenn ihr versteht, was ich meine.

Und wie bald darauf die Axt vom Gruber im Schädel des Stiefvaters steckte und der Stiefvater taumelte, geradewegs in die Arme des Komantschen hinein, der die Axt allerdings nicht rauszog – Das macht man nicht. Sonst spritzt dir das Blut entgegen! –, sondern dem Mann ein Handtuch um Kopf und Axt schlang, ihn auf seine Maschine setzte und mit einem Viehgurt an sich festschnallte und ins Krankenhaus raste, schneller als jeder Krankenwagen ihn hätte versorgen können.

– Und dein Stiefvater?, fragte Joe.

– Hat überlebt, sagte der Komantsche, dem die Zigarette bis auf einen Zentimeter abgebrannt in seinem Mundwinkel steckte.

– Hast du den Gruber angezeigt?

– Unnötig. Hat sich sowieso erhängt, weil ihm die Frau weggelaufen ist. Ausgerechnet ich musste ihn finden, oben im Stall, so!

Er ließ den Kopf baumeln, verdrehte die Augen und röchelte.

– Kein schöner Anblick, Mann. In die Hose geschissen hat er sich auch. Und ratet mal, mit wem die Frau vom Gruber ins Bett gestiegen ist. Na?

Joe lachte. Es war lustiger, seit der Komantsche bei uns war.

– Egal, ob du die Wahrheit sagst oder nicht, sagte Joe. Deine Geschichten sind cool.

Frank machte ein Gesicht, als sei ihm der Komantsche nicht geheuer.

– Find ich auch, sagte er.

Mein Bruder hörte zu, zurückgelehnt. Er sah zu Susi hinüber und schwieg.

Als es wärmer wurde, zeigten wir dem Komantschen die von Franks Vater vor vielen Jahren hinter dem Dorf ausgehobene Kiesgrube. Schon Franks Großvater hatte mit dem Kiesgraben begonnen, inzwischen gruben sie dort in zweiter Generation. Irgendwann hatte man die Grube so tief ausgehoben, dass sie mit Wasser volllief, der Baggersee entstand, das Campen wurde erlaubt und dem Jugoslawen genehmigt, sein Wirtshaus mit dem Biergarten vor dem

Haus hinzustellen. Die Gemeinde legte eine Wiese an und ließ das Ufer begrünen. Auf der einen, der längeren Seite der Grube war seither das Baden erlaubt, auf der anderen Seite verboten. Keiner mochte den Schwimmbagger. Nur unsere Mutter, mit der wir früher an Sonntagen manchmal an der Grube spazieren gingen, fand in ihrer gewohnt bescheidenen Art, man sollte froh sein, dem Bagger hätten wir den See doch zu verdanken. Im vorangegangenen Sommer hatten wir den Schwimmbagger allerdings kein einziges Mal graben sehen. Frank sagte entschuldigend, sein Vater grabe inzwischen eigentlich woanders.

– Wahrscheinlich gräbt er gar nicht, der faule Sack!, sagte Micha. Ruht sich auf seinen Scheinen aus, ganz wie der Sohn!

Auf dem Weg zur Kiesgrube saß ich hinten auf der Maschine des Komantschen. Er war zum Garagenvorplatz gekommen, um uns abzuholen, und hatte einen Helm mitgebracht und ihn mir auf den Kopf gesetzt und unterm Kinn geschlossen. Mein Bruder hockte auf seinem Mofa, das er auf eine Geschwindigkeit von fünfzig Stundenkilometern hochgezogen hatte, ich saß breit und etwas erhöht und mit den Füßen auf den Pedalen hinter dem Komantschen. Es war eine Geländemaschine, der Motor unverkleidet, eine

Enduro wie die, die sich mein Bruder vor ein paar Jahren zugelegt hat, ein eher wendiges Motorrad, das erste, auf dem ich je saß. Ich bekämpfte die Furcht, beim Start hinten wegzukippen. Ich verstand nicht, wie er die Maschine im Gleichgewicht hielt, ich würde zur Seite stürzen, ich bekam Angst und wollte den Komantschen auffordern, ganz langsam zu fahren, aber er sagte:

– Halt dich fest, Mann!,

klappte sein Visier runter und bretterte los, an der Kirche und dem Feuerwehrhaus vorbei, am Rathaus und am Kindergarten. Er raste unter der Bahnunterführung durch und ins Gewerbegebiet und auf die Landstraße zu. Ich hielt mich fest, meine Haare flatterten unter dem Helm heraus, meine Hände, die ich vor seinem Bauch gefaltet hatte, wurden kalt und natürlich auch die nackten Knie und die Füße in den Jesuslatschen. Ich wusste nicht, ob auch Maschinen wie die des Komantschen auf ungeteerten Feldwegen leicht ausrutschten, ich dachte, dass sie es vielleicht nicht taten, dass die vielen tödlichen Motorradunfälle sich auf den Bergstraßen ereigneten, nicht aber auf einem Feldweg zum Baggersee. Unter meinem Helm zählte ich die Kurven. Einem starken Impuls nach hätte ich mich aus den Kurven rauslegen müssen, aber ich legte

mich, eng an seine Lederjacke gepresst, tief hinein. Wir waren die ersten am See, der Komantsche hatte die anderen abgehängt. Er stand im
Ufergrün, sah zum Schwimmbagger hinüber und
zündete sich eine Zigarette an. Ich hatte vom
Fahrtwind noch immer eine Gänsehaut an den
Beinen und Armen und versuchte, so nah bei
ihm zu sein, wie es gerade noch ging, ohne dass
mein Bruder, dessen getuntes Mofa schon vom
Feldweg her zu hören war, es bemerken und
missbilligen würde. Aber der Komantsche scher-
te sich nicht um meinen Bruder. Er legte den
Arm um mich, drückte meinen Kopf an seine
Brust und sagte leise:

– Du kennst dich doch aus hier.

Von da an gingen der Komantsche und ich
in den Wald.

～

Ich genoss es zunehmend, hinten auf seiner Maschine und höher als alle anderen und viel zu
schnell durchs Dorf zu rasen, ich hörte auf, Kurven zu zählen, es würde nichts passieren. Er
holte mich ab, hupte mehrmals vor unserem
Haus, ich wartete in meinem bodenlangen indi-
schen Kleid hinter der Tür. Am See parkte er die
Enduro versteckt hinter ein paar Bäumen, fasste
mich am Arm und zog mich unter den Tannen

zu unserem Platz. Der Boden war weich von Erde und vielen Schichten brauner Nadeln, vertrocknete Zapfen lagen herum und gebrauchte Taschentücher und ein paar leere Flaschen vom vergangenen Jahr. Unsere Schritte federten, der Komantsche hielt mich fest umschlungen, ich berührte die Haut über dem Bund seiner Jeans. Wir blieben stehen und küssten uns, und ich sah vor mir, was er mit mir tun würde. Unter der Kiefer auf der dem See abgewandten Seite zogen wir uns Stück für Stück aus, es war taghell, ich wollte, dass er mich betrachtete wie ein anderes Mädchen. Wir setzten aus Hose und Jacke und T-Shirt und Kleid eine Unterlage zusammen, die groß genug war für zwei, uneben, bucklig, es piekte und kratzte am Rücken, Ameisen bissen mich in die Beine, Mücken stachen zu. Der Boden war viel zu hart und unnachgiebig, der Komantsche zu schwer. Ich zupfte an den vorderen Zentimetern eines Kondoms herum, um es in die richtige Position zu bringen. Unablässig schlugen wir nach Insekten oder dem, was wir dafür hielten. Ihn störte das nicht. Er ist woanders, dachte ich und wäre auch gern dort gewesen. Als es vorbei war, streiften wir die Tannennadeln und Zweige ab, schüttelten die Kleider aus und zogen uns an, ohne einander anzusehen. Ein paar Schritte lang hielt ich mich taumelnd an ihm fest, er ließ das zu, bis wir aus dem Wald kamen, ich versuchte noch einmal, ihn zu küssen. Küssen ist besser als alles andere, dachte ich, aber er lief voraus, holte zwei Bier aus dem Kasten, der noch vom Vortag im See kühlte, und öffnete die Flaschen mit den Zähnen. Susi lag auf einer Bastmatte und schnitt mit einer mitgebrachten Nagelschere den Spliss aus ihren Haarspitzen. Der Komantsche trank und erzählte etwas und Susi legte die Schere zur Seite und strich sich mit den Fingerspitzen über den Bauch auf der Höhe des Nabels und hörte dem Komantschen zu und lachte, weil sein Witz offenbar gut war.

– Los, Susi, zieh dich an, sagte mein Bruder, wir gehen hoch zum Jugoslawen.

Ich hielt mich am Arm des Komantschen fest und flüsterte:

– Immer lässt du mich links liegen, wenn die anderen dabei sind.

– Weil wir alle zusammengehören, nicht nur wir beide. Liebe ist asozial, sagte der Komantsche.

Und ich nickte und versuchte zu verstehen, was er damit meinte.

～

Noch immer war Micha der Boss.

– Ich bestimme, welches Arschloch als Nächstes dran ist!, sagte er.

Dabei rammte er Frank den Ellbogen in die Seite und Frank lachte, aber sein Lachen klang unecht.

Ich hörte nicht weiter zu, weil mir der Ausdruck in Michas Augen nicht gefiel.

– Dein Bruder versteht es, jemanden kurz und knapp fertigzumachen sagte der Komantsche im Wald, als er sich das ärmellose T-Shirt überzog.

– Der macht einen fertig, wenn er will. Der ist einer von den Aggressiven. Aber mit mir nicht, da kannst du Gift drauf nehmen.

Ich begriff, dass er genauso viel Respekt vor meinem Bruder hatte wie ich.

Am Abend saßen wir stundenlang unter dem Band bunter Glühbirnen auf der Terrasse des Jugoslawen am Rand des Sees, der wie schwarze Folie in seinem Kiesbett lag. Wir aßen Pizza und tranken Bier, ich lehnte an der Seite des Komantschen, er hatte mein Kleid bis zur Hüfte hochgezogen und streichelte meinen Rücken, ich war ganz gelöst nach dem langen Tag in der Sonne, unter seiner Berührung, in der vertrauten Nähe der anderen und auf eigenartige, stimmige Weise traurig. Die Mückentöter, die an der Hauswand angebracht waren, zischten. Über uns spannte sich der Sternenhimmel, blauschwarz und sommerlich. Vor langer Zeit waren wir an einem italienischen See zelten gewesen, mein Bruder, mein Vater, unsere Mutter und ich. Unsere Mutter hatte davon erzählt, und ich habe mir die passenden Bilder zurechtgelegt und sie sind nicht verwaschener, sondern entgegen aller Regeln mit den Jahren immer farbiger und schärfer geworden, wie das bei mir mit vielen Erinnerungen ist, Luis behauptet: Weil du ihnen hinzufügst, was du nicht wissen kannst. Meine Mutter schwärmte von diesen Ferien, sie sagte: Wir hatten es wunderschön, unser letzter Sommer zu viert in diesem kleinen Zelt, ein Dreimannzelt eigentlich, aber das reichte dicke. Sie sah mich an: Du warst so ein niedliches Baby! Da hatte Papa doch schon eine andere, sagte mein Bruder, in Südfrankreich war alles längst vorbei. Ach was, sagte meine Mutter, woher willst du das wissen? Wir haben Ravioli auf einem Gaskocher heiß gemacht, sagte sie, mit einem Extraklecks Crème fraîche, die hab ich in einem dieser großen französischen Supermärkte gekauft. Und abends, als ihr schlieft, lagen euer Vater und ich der Länge nach im Zelt, aber mit den Köpfen draußen, und tranken Rotwein aus der Flasche, unterm Sternenhimmel, die Grillen hat man gehört und Glühwürmchen konnte man herumschwirren sehen. Es tat mir richtig leid, dass ihr schon schlieft, wann sieht man schon ein Glühwürmchen in seinem Leben, das kannst du an einer Hand abzählen. Aber das weiß man auch erst hinterher. Unsere Mutter seufzte: So hätte ich für immer leben können. Hättest du nicht, sagte Micha, mit deinem Ordnungs- und Sauberkeitsfimmel, niemals. Du bist viel zu spießig. Ich, spießig?, sagte unsere Mutter. Ich tu nur das Notwendigste, für übertriebene Sauberkeit habe ich gar keine Zeit! Und die Mücken, sagte mein Bruder, hatte Anna nicht das ganze Gesicht voller Mückenstiche? Sogar die Augenlider waren ihr zugeschwollen, sie konnte gar nicht rausgucken. Ich bin blind, ich bin blind, hat sie gebrüllt. Unsinn, sagte meine Mutter, sie konnte doch noch gar nicht sprechen! Sie stritten, wann unser Vater welche Geliebte hatte (als ich in deinem Bauch war, hatte er seine erste, rief Micha, meine Mutter verbiss sich das Weinen), und ich überlegte, wie es wohl sein mochte, unter einer spinnenübersäten Zeltplane an seine Geliebte zu denken, während sich die eigene Frau an einen schmiegte und glücklich war. Vielleicht war es das, woran ich dachte, als wir zusammen an Mirkos grünem Blechtisch saßen.

– Armdrücken, wer will?, fragte Susi plötzlich und sah den Komantschen an. Sie hatte sich vor dem Klospiegel des Jugoslawen einen schwarzen Kajalstrich Richtung Schläfe gezogen und viel dunkelgrauen Lidschatten aufgelegt. Der Komantsche rückte sein Bierglas und den Pizzateller zur Seite, setzte den rechten Ellbogen auf und öffnete die Faust. Susi schob ihre Hand hinein. Ihr T-Shirt-Ausschnitt glitt die linke Schulter hinab. Sie hielt die Hand des Komantschen und drückte, aber statt sich mit der Linken abzustützen, verdrehte sie Ellbogen und Handgelenk des freien Arms und spielte mit den Fingerspitzen an ihrer nackten Schulter und dem Schlüsselbein herum. Der Komantsche tat, als koste ihn das Armdrücken viel Kraft. Sie sahen sich an. Minutenlang drückte Susi ihre dunkelbraun lackierten Fingernägel in seine Faust, dann presste er mit einem kurzen Ruck Susis Unterarm auf den Blechtisch, ich hatte mich längst aufgerichtet. Bestimmt, dachte ich, wären sie mich und meinen Bruder jetzt gern los.

◠

Heute muss ich meinen Lauf um den See auf halbem Weg abbrechen und langsam zurückgehen, weil mir die kalte Luft in der Lunge weh tut. Frau Köhler hat Croissants aufgebacken, sie sind honigbraun und noch ganz warm, beim Abbeißen löst sich der Blätterteig in winzigen Plättchen ab und fällt zwischen meinen Füßen ins Gras. Frau Köhler weiß, dass ich Croissants zum Frühstück gern mag. Manchmal denke ich: Sie merkt sich alles. An diesem Morgen hat sich Frau Köhler geschminkt, ein frisches rosa T-Shirt angezogen und silberne Sandalen, die ich noch nie an ihr gesehen habe.

– Sie haben sich ja richtig rausgeputzt!

– Rausgeputzt! Das gehört sich schließlich so an einem Sonntag. Aber wie sieht es denn hier aus!

Sie schiebt ihr angebissenes Croissant zur Seite, holt eine Gartenschere und läuft zwischen unseren Wagen hin und her, kürzt ein paar vertrocknete Gräser, rupft Unkraut, wirft einen missbilligenden Blick auf die Tür meines Wohnwagens, greift sich einen Lappen, schleppt einen Eimer Spülwasser heran und beginnt, den Griff abzureiben.

– Lassen Sie das doch, sage ich. Die Tür ist ganz in Ordnung.

Aber Frau Köhler winkt ab.

– Erna möchte auf Teufel komm raus an den See, sagt sie, während sie den Türrahmen mit Scheuermilch bearbeitet. Heute. Das kann ich ihr doch nicht ausschlagen!

Frau Köhler sieht über die Schulter zu mir hin.

– Keine Sorge, nur für ein paar Stunden. Sie nimmt Ihnen nichts weg.

Frau Köhler möchte, dass ich gegen Mittag mit ihr zum Pflegeheim fahre und ihr helfe, Erna einzuladen und an den See zu schaffen.

– Allein kann ich das nicht. Erna ist zu schwer. Darum hätte ich Sie gern dabei. Das ist doch okay für Sie? Sie sind doch nicht verabredet oder so was?

Ich schüttele den Kopf.

– Stört es Erna nicht, dass ich hier bin?, frage ich.

– Nein, nein, sie ist nur ein bisschen nervös mit Fremden. Aber sie hängt nicht an dem Wagen. Das ist vorbei.

Frau Köhler wringt den Lappen aus, mehrmals, dabei beugt sie sich weit vor, damit ihr T-Shirt keine Spritzer abbekommt.

– Ich habe ihr von Ihnen erzählt. Sie möchte Sie gern kennenlernen. Sie hat das Foto gesehen, das ich von Ihnen geschossen habe, und gesagt: Vielleicht sind wir uns schon mal begegnet.

Frau Köhler sieht mich an.

– Sie ist sich sogar sicher, dass sie Sie kennt. Sie hatte doch mal einen Sohn, ungefähr in Ihrem Alter.

– Ich kenn hier nicht so viele, sage ich. Munzing ist doch ziemlich groß und ich bin schon fast zwanzig Jahre weg. Aber ich helf Erna gern, wenn sie Ihre Freundin ist.

– Sie kommen also mit?

– Sicher, sage ich. Rufen Sie mich, wenn Sie so weit sind.

Für den Fall, dass Erna in ihren Wagen schaut, räume ich meine Sachen weg, bevor ich mich an den Computer setze. Zeitungen und Bücher liegen herum, dazwischen die Entwürfe eines Briefs, den ich an Luis zu schreiben begonnen habe. Handschriftlich. Lieber Luis, schreibe ich in dem Brief, und dann noch ein paar Worte mehr, aber schon nach dem zweiten Komma verlässt mich der Mut, ich schreibe irgendwas und streiche es wieder durch, das habe ich bisher so oft getan, dass ich sicher zwanzig, dreißig Blatt dieser lächerlichen Versuche vom Boden zusammenklaube.

– Ich denke auch an dich, hat Luis in seiner SMS geschrieben. Und ich wünsch dir, dass du ganz weit kommst.

Er schreibt das, obwohl er keine Ahnung hat, was ich hier tue. Dass ich mich ein wenig vor Erna fürchte, wäre Luis nicht leicht zu erklären, du bezahlst dafür, in diesem Wagen zu wohnen, würde er sagen, du bist ein freier Mensch, niemandem verpflichtet. Aber es hilft mir nicht, zu wissen, wie alles eigentlich ist. Manchmal denke ich an meinen Fluss zu Hause. Wie unruhig er wirkt im Vergleich zu diesem See. Der Fluss ist, was er ist, denke ich, der See nicht. Wenn ich hineinspringe, reißt seine Oberfläche auf, und ich habe eine Ahnung von etwas, das schmerzlich ist und unabänderlich. Erna weiß das. Sie saß immer auf dem Steg, während Frau Köhler schwamm.

– Mindestens eine halbe Stunde täglich, sagt Frau Köhler, als hätte ich es noch nötig, dass jemand auf mich aufpasst!

– Am besten schieben wir Erna nah ans Wasser, schlage ich vor, und heben sie auf eine Decke. Damit sie die Füße in den See stecken kann. Oder muss sie im Rollstuhl bleiben?

Frau Köhler rührt in ihrer Tasse. Der Kaffee ist längst kalt geworden. Sie hat die Ellbogen auf die Knie gestützt und starrt auf ihre Sandalen.

– Keine Ahnung, sagt sie bitter. Gelähmt wie Erna ist, spürt sie sowieso fast gar nichts mehr. Sogar das Gesicht ist nicht mehr das alte. Aber mein Herz spüre ich noch, hat sie mal gesagt, und das ist das Schlimmste.

~

Es war Hochsommer, als unser Vater die Diagnose bekam, ein schwüler Tag, unsere Mutter hatte die Rollläden in unserer Wohnung herabgelassen, um die Hitze draußenzuhalten, das Licht fiel durch die schmalen Spalten in winzigen hellen Flecken auf den Wohnzimmerboden.

– Das hat er sich selbst eingebrockt mit seiner Sauferei, sagte sie und weinte.

Ich stellte mir unseren ehemals dicken, kräftigen Vater an Schläuchen in seinem Bett vor, ein Männchen, an dem alles länger, dünner, spitzer und kraftloser wurde. Wenn meine Mutter mit ihm telefonierte, ließ ich mir genau erzählen, was er aß und was nicht, wie er saß, stand und auf die Toilette ging, was er bei sich behielt und wo er hinspuckte und wie sie sein Wundliegen verhinderten. Ich konnte nicht genug davon kriegen. Seine Krankheit war grausam, aber gerecht. Mein Bruder wollte von all den Details nichts wissen.

– Er wiegt noch sechzig Kilo, sagte ich. Mein Bruder hielt sich die Ohren zu.

– Sie haben ihn in eine Klinik für unheilbare Fälle verlegt und einen Pfarrer zu ihm geschickt, sagte ich. Mein Bruder schlug mit einer Zeitschrift nach mir.

Unsere Mutter drängte darauf, den Vater noch einmal zu sehen. Sie ließ sich bei Expel

Sonderurlaub geben, packte ihren schwarzen Koffer und verlangte, dass mein Bruder ebenfalls Urlaub nahm, um sie zu unserem Vater an die Ostsee zu begleiten.

– Solange es noch nicht zu spät ist, sagte sie.

– Soll doch Anna gehen, sagte mein Bruder.

– Anna bleibt hier. Sie schreibt zwei Klassenarbeiten. Ich kann sie nicht aus der Schule nehmen.

Aber eigentlich wusste sie, dass mein Vater gar keinen Wert darauf legte, mich zu sehen. Er hatte immer nur meinen Bruder in die Ferien mitgenommen, nie mich. Die beiden waren auf kleine Wochenendfahrten gegangen, nach Hamburg oder aufs Land, zum Zelten oder Baden oder Fischeangeln, sie machten Feuer und besuchten Boxkämpfe in irgendwelchen Sporthallen in der Provinz und meinem Bruder gefiel das. Wilder, mit verfilzten Haaren und schmutzigen Kleidern kam er uns am Bahnhof entgegen. Ich hatte immer ein Zerwürfnis herbeigesehnt, irgendetwas, das zwischen unseren Vater und meinen Bruder fuhr und beide trennte. Es muss im Herbst gewesen sein, wir standen am Bahnhof, um Micha abzuholen, er hatte angerufen, dass er früher zurückkomme als vereinbart, was meine Mutter mehr als nötig beunruhigte. Es nieselte, wir hatten den dunkelbraunen Knirps mit dem hellgrünen Muster mitgenommen. Statt in dem Bahnhäuschen auf einer Bank zu warten, wo es trocken und warm gewesen wäre, standen wir eng beieinander unter dem Schirm am Gleis und starrten auf die Schienen.

– Dass er auch immer so weit fahren muss, sagte meine Mutter. Mir ist das alles gar nicht recht. Er klang so komisch am Telefon, so hab ich ihn noch nie gehört.

Als der Zug einfuhr, hastete sie mit dem Schirm die Waggons entlang. Er stieg als Letzter aus. Statt die Stufen unter der Tür hinabzusteigen, stand er einfach da. Ich rief meine Mutter: Schau mal, hier hinten ist er, sie rannte zu ihm, zog ihn aufs Gleis und hakte ihn unter. Micha sah verändert aus, er lehnte an ihr und sagte nichts. Ich trottete mit seiner Reisetasche über den Busparkplatz hinter den beiden her. Meine Mutter glaubte, dass Micha Fieber hätte, darum kochte sie ihm Lindenblütentee und stopfte die Decke fest um ihn, setzte sich in ihrer Schürze auf die Bettkante und stellte Fragen. An seinem Oberkörper hatte sie blaue Flecken gesehen, ein T-Shirt fehlte, eine Hose war zerrissen. Sie wollte wissen, warum er früher zurückgekehrt sei als geplant, was mit seiner Nase geschehen sei, die geschwollen und gerötet war, und woher die Blutkrusten an den Nasenlöchern kamen.

Sie fragte und fragte. Aber mein Bruder presste die Lippen zusammen und schüttelte den Kopf. Meine Mutter schickte mich auf mein Zimmer, ich blieb davor stehen und lauschte, bis ich sicher war, dass sie nichts aus ihm rausbekam. Elf oder zwölf muss Micha damals gewesen sein, danach besuchte er unseren Vater nur noch selten.

– Wenn ein Junge langsam in die Pubertät kommt, sagte meine Mutter, hat er halt an anderen Dingen Interesse.

An jenem Abend kurz vor dem Tod unseres Vaters trafen mein Bruder und ich die anderen am See. Wir saßen enger um den grünen Blechtisch herum als sonst und sprachen leiser, so kam es mir jedenfalls vor. Der Komantsche holte Bier am Tresen und zahlte für alle.

– Er ist euer Vater, sagte Susi. Immerhin habt ihr einen. Lieber einen Vater, der stirbt, als gar keinen Vater.

Susi hatte ihren Vater nie kennengelernt, dafür Kerle, die sie hatte auf den Mund küssen und Papi nennen sollen. Andere hatten Susi rausgeworfen, damit sie mit ihrer Mutter allein sein konnten. Einer fotografierte sie nackt und verkaufte die Fotos an irgendwen. Wenn sie davon erzählte, spuckte sie auf den Boden, sie tat das oft, voraus ging ein kehliges Geräusch, mit dem sie den nötigen Klumpen Rotz hochzog, danach wischte sie sich den Mund mit dem Ärmel ihrer Bluse ab.

– Mir wäre lieber, ich hätte keinen Vater, sagte mein Bruder.

– So wie es aussieht, sagte der Komantsche, hast du das ja bald geschafft.

Susi fand, dass es eine Frage der Ehre sei, seinen sterbenden Vater zu besuchen, sie wiederholte das mehrmals mit ziemlich schwerer Zunge.

– Mein ich auch, sagte Joe. Sein Vater nahm Joes Mutter zur Begrüßung in den Arm, das hatte ich schon gesehen, und manchmal gingen Joe und sein Vater zu einem Fußballspiel in die Stadt und Joe aß so viele Bratwürste, wie er wollte, nur Bier durfte er keines trinken, sein Vater bestand auf Cola.

– Und du, fragte Frank leise, warum fährst du nicht mit?

Ich zuckte mit den Schultern.

– Unser Vater will mich nicht dahaben, sagte ich.

Obwohl ich mir nichts aus meinem Vater machte, zitterte meine Stimme. Vielleicht zitterte sie nur, weil der Satz eigentlich so schlimm war, für andere Kinder anderer Väter jedenfalls.

– Sei froh, sagte mein Bruder. Sei froh, dass du ein Mädchen bist und erst ein Jahr alt warst, als der Kerl weg ist.

– Ist er wegen Anna abgehauen?, fragte Susi interessiert.

Der Komantsche schlug ein Bein quer über das andere.

– Zwei Schreihälse, sagte er, das macht den besten Mann fertig. Muss darum kein übler Kerl sein, euer Vater.

Er beugte sich vor.

– Wenn ihr fahrt, Mann, sagte er dann, hat deine Schwester ja sturmfrei.

Und er streichelte meinen bloßen Arm, vom Handgelenk hinauf bis zur Schulter.

～

Sie fuhren.

– Eine Frage der Ehre, hatte mein Bruder zu meiner Mutter gesagt.

– Ihr werdet miteinander reden, sagte sie. Du bist jetzt groß genug. Von Mann zu Mann.

– Von Mann zu Wrack, sagte mein Bruder.

Ich überlegte, ob er nur deshalb fuhr: Um unserem Vater klarzumachen, dass er es war, der verloren hatte.

Statt in die Schule zu gehen, rief ich beim Sekretariat an und meldete mich krank. Ich räumte des Frühstücksgeschirr weg, duschte und empfing den Komantschen in einem selbst genähten Kleid. Er wirkte groß und unpassend in unserer Wohnung, ich schämte mich für die grauen Teppiche und billigen Bilder und den Spitzenläufer auf der Flurkommode.

– Eure Alte, hatte der Komantsche gesagt, interessiert mich nicht. Keinen Bock, die vor die Linse zu kriegen.

Es war ein sehr heißer Tag. Wir saßen am Küchentisch und tranken ein Glas Cola nach dem anderen. Ich hatte einen Unterteller auf den Tisch gestellt, der Komantsche rauchte und malte mit seiner Kippe Gesichter darauf. Er öffnete den Kühlschrank, holte ein paar Scheiben Käse aus einer Packung und nahm sich einen Joghurt, den die Mutter für mich gekauft hatte, weißer Joghurt, an dessen Grund sich Marmelade befand. Der Komantsche schüttete Zucker auf den Joghurt und leerte ihn mit einem Suppenlöffel. Dann gingen wir ins Wohnzimmer, er drehte das Radio an, suchte einen Sender, wippte im Takt der Musik, mit den Händen hielt er eine Luftgitarre, er kniff die Augen zusammen.

– Dadada, ich lieb dich nicht, du liebst mich nicht, aha.

Ich lachte.

Wir sprachen kaum, ich versuchte, das aus-
zuhalten. Wir hörten Radio, schliefen miteinander auf dem Sofa, die Fransendecke, unter der
ich immer lag, wenn ich auf meinen Bruder wartete, war hinabgerutscht, ich spürte die Spalten
zwischen den Polstern im Rücken und fürchtete
Flecken auf dem hellgrünen Bezug. Der Komantsche schwitzte und anders als im Wald bemühte
er sich nicht, leise zu sein. Er war noch nackt, als
er sagte:

– Lass uns die andern holen!

Susi kam als Erste. Sie hatte vor einiger Zeit
begonnen, *Bussi, Bussi* zu rufen und jeden von
uns zur Begrüßung zu küssen, auf die eine und
die andere Wange, und so küsste sie erst mich,
dann ihn, wofür sie auf die Zehenspitzen steigen
und den Kopf hochrecken musste und mit ihren
schwarzen Locken noch schöner aussah. Wir
setzten uns in das Zimmer meines Bruders. Der
Rollladen war runtergelassen, der Raum ange-
nehm kühl, und als Joe und Frank kamen, ließ
der Komantsche eine Flasche Kirschlikör und
die Wasserpfeife kreisen. Wir bekamen Hunger
und stellten fest, dass kaum etwas Essbares da
war. Keiner wollte rausgehen, draußen würde
das Licht grell und der Kontakt mit anderen
Menschen unerträglich sein. Der Komantsche
hob die Faust und tat, als würde er uns auszäh-

len, eins, zwei, drei, bei vier traf sein Finger auf Frank, der Komantsche drückte Frank zurück in die Polster.

– Du gehst jetzt los, Mann, und kaufst uns was zu essen.

Um Franks Mund zuckte es, dann sagte er, was jeder von uns gesagt hätte:

– Warum ich?

Obwohl doch klar war, dass eine solche Aufgabe eine Frankaufgabe sein musste.

– Vielleicht, weil deinem Dad die Kiesgrube gehört, sagte der Komantsche langsam.

– Was hat das damit zu tun?, fragte Frank, der sich wirklich zusammenriss.

– Schön viel Schotter, Mann!, sagte der Komantsche und leckte sich die Lippen.

– Wenn du Kohle meinst: Ich hab keine.

Da griff ihm der Komantsche an den Hintern, zog Franks Portemonnaie aus der Tasche und begann, darin zu fleddern und die Scheine auf den Boden regnen zu lassen, einen nach dem anderen, und dann die Münzen, und Frank wurde so wütend, dass er sich auf ihn stürzte und den Tisch in der Mitte umstieß. Der Inhalt der Wasserpfeife ergoss sich auf den Teppich. Der Komantsche packte Frank mit der Linken und versetzte ihm einen Kinnhaken. Aus Franks Augen liefen die Tränen, es musste verdammt schmerzhaft gewesen sein.

– Na Mann, besorgst du uns jetzt was zu essen?

Frank wischte sich die Tränen ab und nickte.

– Das will ich dir auch geraten haben, sagte der Komantsche und lehnte sich entspannt zurück.

– Das nächste Mal kriegst du richtig eins in die Fresse!

Nach zwanzig Minuten kam Frank mit Frikadellen und Leberkäse und Brötchen und Brezeln und ein paar Tafeln Schokolade zurück. Ich setzte die Kaffeemaschine in Betrieb und holte Teller und Besteck und Tassen aus der Küche, und während ich nach oben in den Schrank griff, zog Frank, der eine Weile hinter mir gestanden hatte, ganz unvermittelt meinen Kopf zu sich. Ich schüttelte seine Hände ab und zischte, dass er aufhören solle mit dem Blödsinn.

– Jetzt bist du auch auf ihrer Seite, sagte er.

– Ich bin auf niemands Seite, sagte ich.

– Ich versteh nicht, wie du dich auf dieses langhaarige Arschloch einlassen kannst.

– Das geht dich nichts an.

– Es geht mich schon was an, weil er ein Arschloch ist und in die Klapse gehört, wenn du mich fragst.

– Was bildest du dir ein, Loser?

– Ach vergiss es.

– Tu ich eh.

– Ich lieb dich noch.

– Lass mich in Ruhe.

Ich ging ins Bad und betrachtete mein Gesicht im Spiegel. Zweite Wahl, dachte ich auf einmal, für Frank bin ich erste, für den Komantschen zweite Wahl. Vielleicht hatte ich auch einen Satz von drüben gehört oder ein Geräusch. Als ich das Zimmer mit einem Tablett voller Kaffee und Zucker und Milch betrat, lag die Wasserpfeife noch immer umgekippt auf dem Boden. Joe war bäuchlings auf den Polstern eingeschlafen. Frank schaute mich an. Er lächelte, wie er seit langem nicht gelächelt hatte. Auf den Polstern unter dem Fenster lag der Komantsche. Er hatte die Jeans runtergezogen. Sein Haar war geöffnet und hing in langen Strähnen über Susis Gesicht.

~

Nicht ich, sondern Frank erzählte es meinem Bruder. Gleich am Abend von Michas Rückkehr aus Kiel erzählte er es. Der Vater habe sich dem Wesen nach kaum verändert, sagte meine Mutter, nachdem sie die Koffer im Flur abgestellt und sich ein Glas Leitungswasser eingeschenkt hatte, eher sei alles noch schlimmer geworden.

Sie sah geschafft aus. Sie hätte sich wenigstens pudern können, dachte ich. Ich nahm unsere Mutter am Arm, führte sie zum Sofa und stellte eine Tasse Pfefferminztee vor sie hin. Sie rührte darin mit dem Silberlöffel, um die Kandisstücke aufzulösen, ich hörte das nervöse, spitze Klirren des Löffels am Tassenrand.

– Er hat nach dir gefragt, behauptete meine Mutter.

Ich glaubte ihr nicht. Mein Bruder goss sich Cola in ein großes Glas.

– Los, fahren wir zum See, sagte er.

Erst viel später, am Tag der Beerdigung unserer Mutter, sagte er mir, dass er bei seinem Besuch in Kiel gesehen habe, wie einer alles mit einem Schlag verliert.

– Kann ja nicht so schlimm sein, wenn man eigentlich gar nichts hatte, sagte ich.

Aber mein Bruder fand das nicht komisch.

Abends saßen wir beim Jugoslawen. Frank kam als Letzter. Wir informierten ihn nicht, wo wir uns trafen. Er fuhr mit seiner Maschine durchs Dorf und suchte die Plätze ab, an denen wir sein konnten, die Baracke, unsere Wohnung, das kleine Petersbacher Reihenhaus, in dem Joe mit seiner Familie wohnte, und natürlich den See. Er war wie ein Hund, der seinem Halter folgt, egal, ob der es verdient oder nicht. Diesmal versuchte Frank auf dem Weg zur Toilette, meinen Bruder zur Seite zu nehmen, Micha sträubte sich zunächst. Ich ahnte, worum es ging, als er Frank schließlich folgte. Susi und Joe waren ins Gespräch versunken, der Komantsche fütterte mich mit Pizza, ich nahm die Pizza und berührte mit Lippen und Zunge seine Fingerspitzen, obwohl mir bei dem Gedanken daran, was sich zwei Tage zuvor im Zimmer meines Bruders abgespielt hatte, übel wurde.

– Ich mag nicht, dass du so etwas machst, hatte ich gesagt und mich dafür geschämt, dass meine Stimme zitterte.

– Ich kann tun, was ich will, hatte der Komantsche gesagt, ich bin frei. Nicht gewusst, was?

Er hatte den anderen zugelacht und Susi den Hinterkopf gestreichelt, und dann war er gegangen, ohne sich nach mir umzudrehen, und Susi verzog sich auch.

Der Komantsche trank Bier, die Hitze am See hatte uns allen zugesetzt, an diesem Tag war ich nicht mit ihm in den Wald gegangen, er hatte es auch nicht versucht. Wir lagen auf unseren Handtüchern und Susi plauderte mit mir über waschfeste Batikfarben und die coolste Form von Ohrringen, die man an einem Marktstand in der Stadt kaufen konnte, und über Nena und

Ideal und die anderen Bands, die wir hörten. Sie war freundlicher als sonst, ihre Aufmerksamkeit zog mich auf ihre Seite. Auch der Komantsche war freundlich. Schwamm drüber, flüsterte er mir zu, als mein Bruder mit Frank verschwand, denk dran, Mädel: Maul halten über die Sache mit mir und Susi, dein Bruder braucht nichts davon zu erfahren, wir wollen ihn schonen, er hat doch mit eurem sterbenskranken Vater genug um die Ohren.

Ich verstand das so, als sei die Sache zwischen ihm und Susi zu Ende. Frank würde sich nicht trauen, auszupacken. Aber Frank fürchtete sich anscheinend weniger, als wir dachten.

Als mein Bruder zum Tisch zurückkam, sahen wir gleich, was los war. Mit der Faust schlug Micha auf die Tischplatte.

– Du Schwein, sagte er. Du verdammtes Schwein!

Der Komantsche lächelte.

– Du wirst doch nicht glauben, was ein armer kleiner Loser erzählt. Du bist doch viel zu schlau, so was zu glauben.

– Du alter Wichser, sagte Micha.

– Sag das noch mal, Mann, sagte der Komantsche und griff ihm an die Gurgel.

Der Komantsche war stark, aber Micha war es auch. In seiner Wut schleuderte er den Ko-

mantschen mit solcher Wucht gegen den Holzzaun des Jugoslawen, dass die obere Latte zer-
brach und der Komantsche mit einer Art
abgeflachtem Rückwärtssalto im Gras landete.
Für einen Augenblick lag er ganz unbewegt da.
Micha stand neben ihm, den rechten Fuß ange-
hoben wie im Begriff, zuzutreten. Er zögerte.

– Aufhören, brüllte Mirko vom Tresen her.
Aufhören, sonst rufe ich die Polizei.

Micha setzte seinen Fuß sanft auf dem
Brustkorb des Komantschen ab, ein Turnschuh,
der einmal weiß gewesen war.

– Na gut, Schwamm drüber, sagte er, als ihn
Mirko von hinten an den Schultern packte. Der
Komantsche rappelte sich auf.

– Rauchen wir die Friedenspfeife, sagte er
und wischte sich das Blut aus dem Mundwinkel.

～

Ich erinnere mich ganz mühelos an all das.
Ohne mein Wissen hat sich dieser Sommer vor
über zwanzig Jahren längst zu einer Geschichte
verdichtet. Alles geschah zum ersten Mal, alles
war neu, vieles schwierig und doch so, als hätte
ich lange darauf gewartet. Ich stelle mir meine
Augen wach und weit vor und wünschte, ich
hätte noch diesen Blick. Wir waren zuversicht-
lich, reizbar und voller Energie in diesem Som-

mer, wir standen auf schwankendem Boden, aber so aufrecht, wie ein Reisender an der Reling eines Schiffs steht, das vom Hafen ablegt. Vielleicht erinnere ich mich darum in dieser Deutlichkeit, vielleicht entsteht die Geschichte aber auch erst beim Schreiben und hat mit dem Sommer am See viel weniger zu tun, als ich meine.

– Du erzählst dir das, würde Luis sagen, und es stimmt für dich, aber für keinen sonst, jedenfalls nicht so.

– Aber du willst doch, dass ich es erinnere!

– Es zu erinnern ist das eine, die Erinnerung für wahr halten das andere.

– Du traust mir nicht. Obwohl du es bist, dem ich nicht trauen sollte, weil du mich betrogen und verlassen hast.

Luis schweigt betreten, in meiner Phantasie.

~

Mich wundert, warum mein Bruder dem Komantschen und Susi verziehen hat und warum ich ihnen verziehen habe; wieso wir in einer stummen Übereinkunft so taten, als hätte es den Vorfall in unserer Wohnung nie gegeben. Vielleicht verziehen wir einander, weil man jederzeit bereit sein musste, einander zu verzeihen, wenn man viel trank und kiffte. Vielleicht hatte der Komantsche mit seiner Vorstellung von Freiheit einen Nerv getroffen, vielleicht waren mein Bruder und ich auch einfach zu verliebt. Die Machtverhältnisse allerdings, denke ich heute, verschoben sich damals. Der Komantsche zog an meinem Bruder vorbei und rückte an die Spitze vor. Es war Frank, der uns zu diesem Zeitpunkt noch zusammenhielt. Er verschwand, als die Prügelei losging. Keiner wusste, wo er sich in den darauffolgenden Tagen rumtrieb.

– Ein elender Verräter, sagte der Komantsche.

– Ein Loser, sagte mein Bruder.

– Ich spalte ihm den Schädel, wenn er noch mal aufkreuzt.

– Tu's nicht. Sonst kriegt er nicht mit, wie ich ihn kurz und klein schlage.

– Weil du's bist, Mann, sagte der Komantsche und lachte.

Wir nahmen blauen Likör und Orangensaft mit an den See. Der Komantsche entfachte ein Feuer am Ufer, das er mit Kies von der Grube sicherte. Manchmal brieten wir Würste im Feuer, einmal hatten wir Steaks dabei und Kartoffeln. Unsere Mutter machte uns Eiersalat und buk Kuchen, sie war froh, dass wir die Abende draußen verbrachten.

– Am Lagerfeuer, wie romantisch.

Ich goss Likör in die Pappbecher, die ich von zu Hause mitgebracht hatte, und schüttete Saft dazu und reichte den anderen das milchig grüne Getränk, das süß und kräftig schmeckte und Grüne Witwe hieß. Jedenfalls behauptete das der Komantsche. Am Abend, wenn es feuchter wurde, duftete das Gras, das Wasser des Sees war dunkel und weich. Schwamm man raus, schaukelte der Mond in den Wellen. Die Wasserläufer spazierten über die Seeoberfläche, manchmal streifte ein Fisch mein Bein. Hin und wieder schwammen wir zum anderen Ufer hinüber und erreichten den Schwimmbagger, der nie zu arbeiten schien. Der Komantsche kletterte hinauf und sprang nackt hinein, wir wussten, dass es gefährlich war, im Wasser konnten sich Eisenstangen befinden, Frank hatte von unterirdischen Strudeln gesprochen und von schweren Verletzungen, die man sich zuziehen konnte, es war ein Risiko, das keiner einzugehen wagte, nur der Komantsche traute sich.

– Was habt ihr schon zu verlieren, ihr Memmen!, rief er, spannte seinen Körper und stürzte kopfüber ins Wasser, und jedes Mal, wenn er auftauchte und prustend die nassen Haare schüttelte, war ich froh und küsste ihn und er küsste zurück. Dann trockneten wir uns gegenseitig ab, der Komantsche rubbelte meinen Rücken, ich zog mein Kleid wieder an und einen gebatikten Pullover darüber und drückte meine Haare aus und glaubte, mich noch nie in meinem Leben so gut gefühlt zu haben, und ich bin sicher, dass es den anderen auch so ging. Spät in der Nacht näherten sich Scheinwerfer, sicher ein Streifenwagen, wir schütteten Wasser ins Feuer und huschten in den Wald, wo das Mofa, Joes Achtziger und die Enduro des Komantschen versteckt im Unterholz lagen, damit uns die Nummernschilder nicht verrieten. Der Komantsche fürchtete die Polizei.

– Haltet mir die Bullen vom Leib!, rief er.

Immer war er der Erste, der den Streifenwagen bemerkte und sich an uns vorbei zur Mitte des Waldes durchboxte, wo das Gestrüpp am dichtesten war, und ich kroch an seine Seite und spürte seinen Atem, und obwohl dieser Atem schnell ging und schwer, fühlte ich mich geborgen. Hatten sich die Scheinwerfer des Polizeiwagens entfernt, entfachten wir ein neues Feuer an einer anderen Stelle, legten uns auf unsere Decken und tranken, was von dem blauen Likör und dem Saft noch übrig war. Der Komantsche erschlug eine Mücke, die sich auf meinen Nacken gesetzt hatte, und schnippte das blutverschmierte Tier ins Gras. Wir redeten über dies und jenes.

– Wenn meine Scheißlehre vorbei ist, sagte Susi, mach ich mich vom Acker. Dieses Kaff kann mir gestohlen bleiben.

– Es gibt Beschisseneres als eine Lehre, sagte Joe. Schule ist viel beschissener.

– Schule ist was für Streber, sagte Susi und sah mich an.

– Gehen wir nach Amerika, die Sonne putzen, sagte der Komantsche. Raus aus diesem Scheißland, wo man nicht frei ist. Wo sie dich einbuchten für ein paar Gramm Shit.

Er hätte den größten Bock, eine gewaltige Farm zu gründen.

– Da, wo keiner hinkommt, Mann!

Und Vieh und Pferde zu halten und Mais anzupflanzen und natürlich Gras und den Stieren ein Zeichen in den Arsch zu brennen, *IBG*, *Ichbingeil*.

Wir lachten.

– Bauer bleibt Bauer, sagte Micha. Der Komantsche versetzte ihm einen Fausthieb.

– Ihr müsst euch das vorstellen: Wir wohnen zusammen. Ein riesige intergalaktische Familie mit Plüschteppichen und Klavier. Ich kann kochen, Mann, das kapiert ihr noch gar nicht. Essen kommen, flöt ich die Treppe rauf wie eure Mami, und ihr rennt runter in euren Adamskostümen und setzt euch an den gedeckten Tisch.

Sonntags schlacht ich Kaninchen, das ist dann so frisch, dass euch das Blut ins Gesicht spritzt. Kaninchen mit Speck und Senfsauce und hinterher Schokopudding. Und dann, wenn die Damen abspülen, genehmigen wir uns einen Whiskey im Herrenzimmer. Aber was für einen!

– Intergalaktisch, sagte Micha.

Der Komantsche lachte lange. Dann wischte er sich den Mund mit dem Handrücken ab.

– Ich besorg uns die Tickets, Mann, spätestens nächsten Sommer nehmen wir den Flieger. Oder noch besser: Wir heuern auf einem Schiff an, zwei Wochen lang nur Wasser und Shit und dann: Ab in die Prärie.

– Klingt geil, sagte Susi.

– Find ich auch, sagte Joe. Obwohl. Die Mädchen. Die sind hier doch eigentlich gut genug.

– Du wirst noch geilere finden, sagte der Komantsche. Die geilsten Titten aller Zeiten.

– Könntet ihr vielleicht mein Abi abwarten, sagte ich.

– Klar doch, sagte der Komantsche.

Es waren noch vier Jahre bis zu meinem Abi. Manchmal dachte ich: Er weiß überhaupt nicht, was ich so mache. Er kitzelte mich mit einem Grashalm im Gesicht.

– Rodeoreiten, Mann! Auch intergalaktisch, sagte er.

– Überhaupt reiten, sagte Susi.

– Bären schießen, sagte Joe.

– Und die Damen liegen mit lackierten Nägeln am Pool und pflegen ihre Pfirsichhaut, sagte der Komantsche.

Er streichelte mich, so, dass es jeder sehen konnte, mit dem gekrümmten Zeigefinger an der Brust.

– Und wer putzt, fragte mein Bruder, wer wäscht die Wäsche und macht brav unsern Dreck weg wie ein alter Nigger?

Er fragte es so, als wüsste er die Antwort bereits.

– Ja, wer?, sagte der Komantsche.

Susi spitzte die Lippen:

– Och, da würde mir schon jemand einfallen.

Ich spürte Gefahr. Sie hatten mich auf dem Kieker, natürlich, mich, die Gymnasiastin, die nur dabei war, solange es die anderen zuließen.

– Na, wer schon. Unser Frankieboy natürlich, sagte der Komantsche, und ich nahm einen großen Schluck von dem Ananassekt, den Susi mitgebracht hatte. Für die Frauen, hatte sie gesagt, Ananassekt ist Frauensache.

Nach solchen Nächten fuhren wir im Morgengrauen über den Feldweg und die Landstraße nach Hause, um zu duschen und der Mutter zu zeigen, dass es uns noch gab, und dann ging mein Bruder in seine Firma, und ich legte mich ins Bett, weil Ferien waren. Als ich aufwachte, hatte ich hellrote Linien im Gesicht, von der Bettwäsche, und während ich mich wusch und mir ein Mittagessen warm machte, das meine Mutter vorbereitet hatte, jeden meiner Schritte auf einem ihrer Zettel vorgezeichnet, schoss der Komantsche mit seiner Maschine die Kurven hinauf in die Berge oder in die Stadt oder sonst wohin, es war egal. Ich wusste ja, dass wir uns schon sehr bald wiedersehen würden, weil auf einen Sommertag immer ein weiterer folgte und noch einer, es hörte nie auf, das dachte ich.

∼

Zwei oder drei Wochen, nachdem meine Mutter mit meinem Bruder in Kiel gewesen war, starb unser Vater. Micha warf krachend die Tür ins Schloss, als er hörte, dass das ganze Erbe an einen gerade gegründeten Hospizverein ging. Wir hatten noch nie etwas von einem Hospiz in Deutschland gehört.

– Dieses verdammte Arschloch!, schrie er. Meine Mutter lief hinter ihm her und flehte, er sollte aufhören und still sein, sonst werde er seine Worte bereuen.

– Du denkst doch das Gleiche von dieser Drecksau! Tu nicht so blöd!

Micha liefen die Tränen runter. Er rotzte wie ein Kind und trat mit dem Fuß gegen die Tür und gegen seinen Tisch und gegen die Polster. Er hatte gehofft, Geld zu erben, Geld fehlte ihm immer, die Lehre war nicht gut bezahlt und die Mutter verlangte von ihm einen Anteil der Wohnungsmiete, weil sie anders nicht durchkam. Manchmal lieh er sich was von mir und von Susi, und auch der Mutter hat er immer wieder ein paar Scheine abgepresst. An einem jener Sommertage nach dem Tod unseres Vaters allerdings stand er mit einer neuen, schwarz lackierten Achtziger auf dem Garagenvorplatz.

– Wo hast du die Kohle her?, fragte ich ihn.

– Hab ich halt, sagte er.

Joe, Susi, der Komantsche, alle bewunderten die Achtziger und freuten sich, dass mein Bruder sie gekauft hatte, denn jetzt konnte er auf der Landstraße zwischen der großen Kreisstadt und unserem Dorf Rennen fahren, zusammen mit Joe und dem Komantschen, der auf seiner Fünfhunderter den Schiedsrichter spielte. Joe klappte das Visier seines Helms runter. Mein Bruder sah ernst aus, er wollte gewinnen, seine

Maschine, das sagte er oft, war besser als die, die Joe zum 16. Geburtstag und Frank ganz nebenbei bekommen hatte.

– Die geilste auf dem Markt, sagte er.

Jaulend zogen die Maschinen von Joe und meinem Bruder ab, Susi und ich und irgendeine blonde Freundin von Joe blieben am Straßenrand zurück und sahen die beiden verschwinden, dann heizte der Komantsche los, hinter ihnen her, immer auf der Gegenfahrbahn. Mehr als einmal befürchtete ich, dass er in ein entgegenkommendes Auto knallen würde, aber er fand immer rechtzeitig auf die richtige Spur zurück.

∼

Während der Komantsche vom Schwimmbagger sprang, lag Micha auf dem Handtuch am Ufer, braun gebrannt, seine nackte Trichterbrust hob und senkte sich, er hatte die Augen geschlossen. Ab und zu griff er gleichgültig in eine Chipstüte oder nahm einen Schluck Bier. Später stand der Komantsche tropfnass neben ihm und schüttelte sich das Haar aus der Stirn.

– Los, wir springen um die Wette!

– Keine Chance!

– Hast wohl Höhenangst, oder wie?

– Macht doch was ihr wollt. Lasst mich in Frieden.

Morgens und abends war es am See kühler als in den Wochen zuvor, der Nebel hing in den abgemähten Maisfeldern. Der Herbst würde kommen, das Aufstehen im Dunkeln und das Nachhausekommen im Dunkeln und dazwischen die Stunden in der Firma und der Ärger mit seinem Chef, der immer größer wurde. Unmotiviert sei Micha, sagten Meister und Berufsschullehrer zu unserer Mutter, aufsässig, ein schwieriger Fall. Sie nahm ihn in den Arm, wenn sie von solchen Gesprächen nach Hause kam.

– In Mathe bist du so gut. Warum machst du nichts aus dir?

Der Meister hatte gedroht, Micha rauszuwerfen, meinem Bruder wäre das ganz recht gewesen, aber unsere Mutter fürchtete seinen Rauswurf noch mehr als die eigene Arbeitslosigkeit.

– Ich war bei deinem Meister und habe ihn darüber informiert, dass dein Vater gerade gestorben ist, sagte sie beim Abendessen.

Die Augen meines Bruders wurden schmal.

– Das hast du nicht gewagt!

Meine Mutter nahm einen Schluck Wasser. Das tat sie immer, wenn sie sich aufregte, sie nahm den Schluck ganz langsam, sie sammelte sich. Ihre Stimme blieb dünn.

– Ich werde ihm wohl sagen dürfen, was wichtig ist. Es hängt eine Menge davon ab.

– Ihr redet überhaupt nicht über mich, verstanden?

Mein Bruder hatte sich erhoben. Er stützte die Hände breit auf den Tisch und beugte sich so weit vor, dass ich näher an unsere Mutter heranrückte. Es war das erste Mal, dass er sie bedrohte.

– Du redest nicht mit diesem Arschloch, kapiert?

– Ich kenne einen Arzt in Petersbach, sagte unsere Mutter. Heinrich heißt er, er will, dass man ihn duzt. Ihr würdet euch verstehen. Er fährt so einen alten, weißen VW-Käfer, wie ihn dein Vater früher hatte. Ein sehr netter Mensch. Wenn du wirklich mal nicht in der Verfassung bist, zur Arbeit zu gehen, schreibt er dich bestimmt krank.

– Was für ein Arzt? Einer deiner Klapseärzte wahrscheinlich! Keinen Bock, sagte Micha.

Auch mit uns legte er sich an. Eines Abends war er so aufgebracht über eine Meinungsverschiedenheit mit dem Komantschen, dass er sich auf seine Maschine warf und ohne Helm davonraste. Beim Versuch, ihn aufzuhalten, kassierte ich einen Hieb in den Oberarm. Ich kannte das, aber es war schlimmer als sonst, weil die anderen uns zusahen. Als ich auf der Toilette mein Gesicht gewaschen und abgetrocknet hatte und wieder neben Susi auf dem Handtuch saß, sagte sie:

– Er findet verkackt, dass du aufs Gymnasium gehst und er nicht.

Sie strich sich die Locken aus dem Gesicht. Ihre Augen waren noch dunkler als sonst. Ich spürte den Abgrund, der sich hinter ihren Worten auftat. Sie verriet mich, und der Komantsche, der mit einer Flasche Bier nur wenige Zentimeter neben ihr lag, sollte sich auf ihre Seite schlagen. Sie zog die Unterlippe ein, nur ein wenig, wie immer, wenn sie nachdenklich aussehen wollte.

– Es nervt ihn, dass du es so locker hast. Lange pennen, früh nach Hause kommen. Morgens noch im Bademantel am Küchentisch sitzen, wenn er schon bis zum Hals in der Scheiße steckt. Meine Schwester ist eine Scheißprinzessin, sagt er, die sich auf ihrem Arsch ausruht.

– Hätte er sich halt mehr angestrengt, dann wäre er jetzt auch noch auf der Schule, sagte ich fest.

– Angestrengt, pff. Anstrengung reicht nicht, wenn alle gegen dich sind. Die Lehrer schieben dich in eine Schublade, *schwer erziehbar* steht darauf oder *gibt ständig Widerworte* oder *hat eine türkische Nutte zur Mutter* und zack, du kommst nie wieder raus. War bei mir auch so.

– Ist ganz klar immer so, murmelte der Komantsche.

Ich ging weiter in die Verteidigung.

– Die Ferien sind fast vorbei, dann hab ich auch wieder zu tun und verdiene nicht mal dabei. Ihr kriegt Geld, ich keins, das ist auch nicht gerecht.

– Wenn diese Scheißlehre nicht wäre, hätte ich viel mehr Geld, sagte Susi. Man kann so was von viel Geld machen, wenn man will.

– Ich hab jedenfalls keins, sagte ich. Und Micha hat welches. Jedenfalls reicht es, um sich eine neue Maschine zu kaufen. Das muss ja irgendwo herkommen.

– Kommt es auch, sagte Susi und lachte.

– Wie meinen, sagte der Komantsche, der lässig auf einem Grashalm kaute.

– Nichts, Mann, sagte Susi. Ich hab mich nur gefragt, wie ein Kerl wie du so schönes, langes Haar haben kann.

– Willst du's anfassen, fragte der Komantsche und reichte ihr eine Strähne. Alles echt, Mann.

– Schön glatt, sagte sie anerkennend. Dabei gab sie ihrer Stimme diesen rauchigen Ton, den ich schon kannte.

Diesmal sagte ich es meinem Bruder. Ich klopfte, nachdem mich der Komantsche zu Hause abgesetzt hatte, an Michas Zimmertür. Er lag auf seinen Polstern und hörte Musik. Ich zog ihm die Kopfhörer von den Ohren.

– Susi hat mal wieder den Komantschen angemacht.

Ich hatte mich nicht schnell genug zurückgezogen, also fing ich eine, es war die Ohrfeige, die eigentlich Susi galt, und am nächsten Tag holte mein Bruder noch mal aus, und Susi kam mit einem blauen Schatten über dem linken Auge an den See. Sie zeigte auf Micha:

– Schaut, was dieser Arsch mit mir gemacht hat.

Ich erinnere mich gut an den verächtlichen Blick, mit dem sie Micha musterte, und plötzlich fällt es mir wieder ein. Er hat mich damals nicht nur geohrfeigt. Er hat auch etwas gesagt. Mehr zu sich als zu mir. Ich habe es kaum verstanden und nicht ernst genommen, aber bis heute behalten.

– Der Kerl muss verschwinden. Und zwar bald.

～

Frank hielt sich ein paar Abende oder Wochen lang von uns fern, und als er zurückkam, wusste ich: Mein Bruder hatte ihn dazu aufgefordert.

– Da ist ja unser Frankieboy, sagte Micha. Endlich. So lange hatten wir schon keinen Spaß mehr.

Er richtete sich von seinem Handtuch auf und grinste.

Frank rollte seine Maschine an den Waldrand und stakste auf uns zu. Was für ein dünner, pickliger Kerl, dachte ich. Wie konnte ich diesen Kerl jemals küssen. Ich ekelte mich und sah an ihm vorbei. Aber mein Bruder schlug ihm auf die Schulter.

– Alter Knabe, sagte er. Intergalaktisch, dass du da bist.

Es klang viel zu freundlich. Susi kicherte.

– Wir haben uns schon richtig Sorgen um dich gemacht.

– Ich war nur …, stammelte Frank.

– Vergiss es einfach, sagte Micha. Wer so viel Gutes uns beschert. Hier, trink.

Er reichte Frank die Likörflasche, die er mit Orangensaft aufgefüllt hatte. Frank trank. Er verschluckte sich, hustete, das Zeug rann ihm das Kinn runter.

– Verdammt scharf, sagte er heiser.

Micha lachte.

– Extra für dich.

Neben uns türmten sich die Anhänger des Campingplatzes wie eine kleine Stadt hinter dem Schilfgras auf. Immer wieder verließ eine Frau das Areal, um uns zu beschimpfen. Dem braunstichigen Foto nach, das sie mir gezeigt hat, muss es tatsächlich Frau Köhler gewesen sein. Kurz nachdem Frank sich zu uns gesetzt hatte, still und beklommen, wie er war, näherte sie sich wieder. Sie trug ein gemustertes Tuch im Haar und ein Baby auf der Hüfte, das niedlich aussah mit seinen runden blauen Augen und dem winzigen Kinn, den glänzenden Lippen und den dicken Beinchen. Wir hätten hier nichts verloren, schrie sie, es sei zwar eine öffentliche Badestelle, aber nur für anständige Leute, nicht für solch ein Lumpenpack.

Micha zeigte auf Frank.

– Ohne den Vater von dem da gäb es diesen See gar nicht. Also halten Sie die Klappe.

Frank machte ein Gesicht, als wünsche er sich weit weg. Susi sah ihn verächtlich an.

– Was ihr euch erlaubt, rief Frau Köhler. Das Baby auf ihrem Arm hatte zu schreien begonnen. Wenn das eure Eltern wüssten. Wie ihr hier sauft und kifft und rumhurt. Das ist doch kein Benehmen.

Sie drehte sich um und ging davon. Micha lachte hinter ihr her, das Baby schaukelte auf ihrer Hüfte, schob den Daumen in den Mund und betrachtete uns.

– Wir sind die absoluten Arschlöcher für die, sagte Micha grinsend.

– Intergalaktische Arschlöcher. Bloß weil sie alte Knacker sind, die sich das sich nicht eingestehen, sagte Joe.

– Habt ihr gesehen, wie tierisch geil die Tusse war? Die hätte sich doch am liebsten den Badeanzug vom Leib gerissen.

Der Komantsche machte eine Bewegung mit der Faust. Er meint das nicht ernst, hör nicht auf sein Geschwätz, dachte ich, ging in den See, drehte mich nach ein paar Zügen auf den Rücken und sah in den Himmel hinauf. Das Wasser lief mir in die Ohren, es summte. Am Morgen waren meine Mutter und ich in der Schule gewesen, meine Mutter hatte sich bei Expel den Tag dafür freinehmen müssen, und schon allein, dass sie einen Urlaubstag opferte, machte die Sache für mich schlimm. Durch das letzte Schuljahr war ich gerade so durchgekommen. Aber jetzt waren meine Reserven verbraucht. Oft war ich morgens einfach im Bett geblieben, die ersten Klausuren hatte ich allesamt verpasst oder verhauen. Meine Mutter versuchte es auch hier mit dem Tod meines Vaters.

– Das hat uns alle sehr mitgenommen.

– Es hat mich null mitgenommen, sagte ich.

Der Rektor ging nicht darauf ein. Wenn ich in den kommenden Wochen nicht regelmäßig erscheinen, meine Hausaufgaben mitbringen und meine Noten verbessern würde, sagte er, müsse ich die Schule wechseln. Er sagte es mehr zu meiner Mutter als zu mir. Meine Mutter weinte. Es war mir peinlich, wie sie vor dem Rektor und den Lehrern den Kopf in die Hände stützte und schluchzte. Die Deutschlehrerin kam auf mich zu, sie nahm meinen Arm.

– Willst du sie nicht trösten?

Ich stand auf, weil man es von mir erwartete, ging zum Waschbecken, zog eines dieser rauen Papiertücher aus der Metallbox und reichte es meiner Mutter. Sie schnaubte, ihre Nase war gerötet und das Gesicht ganz blass.

– Warten wir einen Monat ab, sagte der Rektor, dann sehen wir, ob sich Ihre Tochter berappelt.

Beim Rausgehen nahm mich die Lehrerin noch einmal zur Seite. Sie war älter als meine Mutter, hatte ein rundes Gesicht und dichtes, dunkles Haar, das ihr in kleinen Locken ums Kinn fiel. Man sah ihr an, wie herzhaft sie lachen konnte, sie lachte oft im Unterricht, auch wenn es gar nichts zu lachen gab.

– Pass auf dich auf, sagte sie. Das musst du jetzt, sonst nimmt alles die falsche Richtung. Manchmal entscheidet sich viel in ganz kurzer Zeit.

Dann hörte ich sie zu meiner Mutter sagen:

– Sie werden sehen: Ihre Tochter findet da raus.

Zu Hause weinte meine Mutter weiter. Sie weinte den ganzen Nachmittag. Sie schützte sich nicht wie sonst mit dem Arm vor meinem Blick, sondern saß einfach weinend auf dem Sofa. Ich machte Hausaufgaben in meinem Zimmer, zwischendurch ging ich zu meiner Mutter hinüber, brachte ihr Taschentücher und ein Glas Wasser. Ich versuchte, sie an der Schulter zu berühren, sie schlug meine Hand weg. Ich dachte: Wie hässlich sie ist, wenn sie weint. Ich schämte mich. Als mein Bruder nach Hause kam, fing ich ihn in der Tür ab. Mein Bruder wurde wütend, wenn er unsere Mutter in diesem Zustand vorfand, das wusste ich.

– Gehen wir an den See, sagte ich. Die Alte ist schlecht drauf.

Es war ihm recht.

Die anderen saßen am Ufer, tranken Grüne Witwe und belustigten sich über Frau Köhler und all die Spießer vom Campingplatz, aber ich lag im Wasser und sah meine Mutter vor mir, immer noch auf dem Sofa, unbewegt, nur die Schultern zuckten. Manchmal war sie um meinetwillen zu Hause geblieben. Sie hatte bei Expel angerufen, weil ich krank war, und sich abgemeldet, was ihr schwerfiel und nicht gern gesehen wurde. Sie hatte mir Tee gekocht und geröstetes Brot ans Bett gestellt und eine Wärmeflasche gefüllt, sie hatte gelüftet und ein paar Bücher beiseitegeräumt und auf meiner Bettkante gesessen und mit der flachen Hand die Decke glatt gestrichen. Sie wusste nicht, ob sie am nächsten Tag in die Firma gehen und mich allein zu Hause lassen konnte, krank, ohne Aufsicht. Was geschah, wenn das Fieber anhielt und sie länger ausfiel? Sie war verzichtbar, als Ungelernte, trotzdem saß sie bei mir und sah mich mit ihren besorgten Augen an. Ich lag auf dem Rücken im See und dachte an diesen Blick und an ihre Hände, wie sie auf meiner Bettdecke lagen, die über den Fingerknöcheln schon runzlige Haut, der krumme Nagel am Mittelfinger und der Ehering, der nicht mehr abging. Die anderen witzelten immer noch, als ich ans Ufer zurückkehrte. Die Frau vom Campingplatz hatte den Nachmittag gerettet, etwas Besseres als ein solcher Anschiss konnte nicht passieren, die Langeweile und Trägheit war verschwunden, erst Franks Rückkehr, dann Frau Köhler: Mein

Bruder und der Komantsche und Susi waren hochgestimmt. Auch Frank lachte, unterwürfig. Mein Bruder saß sehr nah bei ihm, ich fand: Er saß ihm im Rücken. Ich sah in die betrunkenen, bekifften Gesichter und sagte, ich sei müde und würde wahrscheinlich krank und bat den Komantschen, mich zurückzufahren. Wir nahmen den Feldweg, weil er fürchtete, betrunken von der Polizei angehalten zu werden. Es war kühler geworden und roch nach Gülle, im Licht der Scheinwerfer sah ich die Saatkrähen in den Feldern hockten. Ich hielt die Arme um den Komantschen geschlungen und lehnte den Kopf an seinen Rücken. Ich wollte meine Mutter überzeugen, dass sie unrecht hatte mit ihren Tränen, dass alles gut werden würde für Micha und mich. Ich wollte so lange auf sie einreden, bis sie ihre Verzweiflung vergaß.

Meine Mutter hatte ihr Gesicht eingecremt, es glänzte noch von der viel zu fetten Creme, die sie abends auftrug, sie saß am Küchentisch, blätterte in einer Fernsehzeitschrift und aß eine gesalzene Tomate und Schwarzbrot mit Hüttenkäse. Als ich kam, sah sie auf.

– Schön, dass du da bist, sagte sie, ohne zu lächeln.

⁓

Ich breche den Schwur nicht, habe ich gedacht, dabei komme ich beim Schreiben jener Nacht immer näher, ich kann nicht anders, inzwischen vermute ich: Es ist das, was mein Bruder von mir erwartete. Meine kleine Schwester schreibt also Romane, sagte er spöttisch auf einer Geburtstagsfeier unserer Mutter. Er hatte Max auf dem Arm, der schon viel zu groß war, um wie ein Baby getragen zu werden, und kaute auf einem der zahllosen Schnittchen herum, die ich nach Anweisung meiner nervösen Mutter geschmiert und auf mehreren Silberplatten arrangiert hatte.

– Vergiss die Perlzwiebeln und die Cornichons nicht, die Perlzwiebeln und die Cornichons sind das Entscheidende.

Wir hatten Pilsflaschen und alkoholfreies Bier und Limonade besorgt und Bowle angesetzt, aus der Firma meiner Mutter waren einige Freundinnen und sogar ihr Unterchef gekommen, es war ein runder Geburtstag, wahrscheinlich der siebzigste. Ich schrieb an meiner Dissertation.

– Es ist eine Dissertation, kein Roman, sagte ich zu meinem Bruder, ich bin keine Schriftstellerin, es geht um Wissenschaft.

Dass er sich so wenig für mich interessierte, brachte mich auf, ein ignoranter Kerl, dachte ich, dem immer nur sein eigener Kram wichtig ist.

Micha deutete auf mich.

– Nimm dich in Acht vor dieser Halsschlagader da, sagte er zu seinem Sohn. Die wird ganz dick, wenn Tante Oberschlau wütend ist.

Max griff mir mit klebrigen Händen an den Hals.

~

Es war dieselbe Nacht, die Nacht vom 15. auf den 16. September. Micha machte die Nachttischlampe an, hielt den Lichtkegel mitten in mein Gesicht und rüttelte an mir. Ich war zur gleichen Zeit wie meine Mutter ins Bett gegangen. Wir hatten auf dem Sofa gesessen und ferngesehen. Barfuß hockte ich neben ihr, die Beine aufs Polster gezogen. Meine Mutter hatte die Wolldecke über meine Beine gelegt und seitlich festgestopft, sie hatte mir einen Orangensaft gebracht und für uns beide eine Schale Käsewürfel und gebutterte Salzkekse hingestellt, wie an den Freitagabenden, als wir Kinder waren, mein Bruder und ich. An den Freitagabenden fiel die Nervosität von ihr ab, sie hatte es geschafft. Die Woche war vorbei. Am Freitagabend war sie weich und entspannt und spielte mit uns Malefiz und Karten, wir sahen zusammen fern, sie trank Bier und lachte viel, schimpfte kein einziges Mal und schickte uns erst ins Bett, wenn sie selbst schlafen ging. Sehr oft schliefen wir dann bei ihr ein, einer links, einer rechts unter ihrer Achsel, und ich schmiegte mich an den glatten Flanellstoff ihres Nachthemdes, das frisch gewaschen roch, der gleiche billige Waschmittelgeruch, der schon immer aus den Gittern vor der Waschküche in den Hof und durch die Kellertür in den Hausflur drang und Haus und Wohnung erfüllte. Ich mochte diesen Duft und die Freitagabende mit unserer Mutter, und wenn es eine Erinnerung gibt, der ich seit vielen Jahren ausweiche, dann ist es die Erinnerung daran, wie wir es an solchen Abenden zu Hause gehabt haben, unsere Mutter, mein Bruder und ich.

Als es Zeit war, Zähne zu putzen, putzten wir auch an jenem Septemberabend gemeinsam Zähne, meine Mutter und ich, in unserem fensterlosen Badezimmer. Wir standen nebeneinander auf der dunkelblauen Matte mit den langen Schlaufen und sahen uns im Spiegelschrank beim Zähneputzen zu. Ich hatte die Seitentüren des Schranks geöffnet, ein Spiegel spiegelte den anderen, unendlich oft verloren wir uns in der Ferne, sie und ich, Fragmente von uns, die immergleichen hellen, grünen Augen. Mein Bruder, das wusste ich, passte auf

Susi auf. Frank beobachtete alles. Es würde nichts passieren, wenn ich einen Abend lang nicht dabei war. Ich musste nur fest daran glauben, dann verließ mich der Komantsche nicht. Vor dem Spiegel sprach meine Mutter mich erstmals darauf an.

– Du bist richtig verliebt!

Meine vielen Spiegelfragmente nickten.

– Das ist recht, sagte sie. Wenn du bloß auch an dich selbst dabei denkst.

Dann klappte sie die Spiegelwände zu und strich mir über den Kopf.

– So ein schöner Abend mit meiner großen Tochter. Das lässt mich richtig gut schlafen.

Das Licht, das mein Bruder angemacht hatte, blendete mich. Ich kniff die Augen zu und rollte mich unter der Decke zusammen. Ich wollte nicht mit meinem Bruder reden. Aber mein Bruder packte mich an den Schultern.

– Er ist tot, zischte mein Bruder. Frank ist tot.

~

Frau Köhler fährt, die beiden unterhalten sich. Ernas Worte kommen etwas gedehnter, es liegt etwas Flatterndes dahinter. Der Weg vom Petersbacher Pflegeheim zum See ist nicht weit. Wir parken hinter dem Jugoslawen. Erna ist ziem-

lich dick, die Konturen ihres Gesichts schwimmen, aber etwas darin kommt mir bekannt vor,
nicht der Ausdruck, die Nase vielleicht und die
Linie der Oberlippe. Wir heben sie in den Rollstuhl. Die Sonne brennt vom Himmel, Frau Köhler hat eine weiße Plane am Wagen befestigt, die
unseren Wiesenplatz verschattet. Ich decke den
Tisch mit Erdbeersahne- und Prinzregententorte
aus der Konditorei und kleinen Gläsern für den
Eierlikör. Meine Sachen habe ich unter dem Bett
verstaut. Erna soll in den Wagen hineinsehen
und sich fühlen, als sei sie hier noch zu Hause.
Aber Erna interessiert sich nicht für ihren Wagen, sie stochert mit der Gabel in der Torte
herum, trinkt Eierlikör und beobachtet mich
von der Seite.

– Das war also Ihr Bruder. Der Mann, der
sich im Wald aufgehängt hat.

Ihre linke Gesichtshälfte fällt ein wenig
mehr ab als die rechte, es ist die gelähmte Seite.
Obwohl ihre Züge schief und erschlafft sind,
liegt Härte darin. Frau Köhler sagt, Erna sei
wohlhabend, aber sie kleidet sich so achtlos, wie
auch der Campingwagen eingerichtet ist.

– Eigenartig, dass Sie sich hertrauen, sagt
Erna auf ihre schleppende Weise. Dass Sie nicht
abschreckt, was passiert ist.

Ich antworte nicht.

– Sie wissen wohl, dass ich einen Sohn hatte.

– Frau Köhler hat es mir erzählt.

– Sie wissen auch, was mit meinem Sohn passiert ist.

– Wir haben noch nicht darüber gesprochen, sagt Frau Köhler. Schau sie dir doch an: dieses dünne Geschöpf. Es ist einfach schlimm für sie, was da im Wald passiert ist.

– Auch nicht schlimmer als alles andere.

Ernas Hände liegen auf den Armlehnen ihres Rollstuhls, geschwollen und mit gekrümmten, wie gebrochenen Fingern.

– Meine Freundin Irmgard hat ein gutes Herz, sagt Erna. Sogar für mich.

Frau Köhler bemerkt den Spott in Ernas Stimme nicht.

– Freilich hab ich ein Herz für dich.

– Aber damit kommt man nicht weit. So ist das doch, oder?

Frau Köhler wendet sich ab. Sie macht eine Bewegung mit dem Unterarm, als wische sie sich die Nase, nimmt die Isolierkanne vom Tisch und geht in den Wagen, um neuen Kaffee aufzusetzen.

– Was ist Ihrem Sohn denn zugestoßen?

Erna dreht den Rollstuhl in meine Richtung. Ich habe nicht gewusst, dass ein Mensch so krank aussehen kann.

– Sie fragen, als hätten Sie keine Ahnung. Frank ist hier im See ertrunken.

Ich nicke.

Frau Köhler steht in der Tür ihres Wagens, immer noch rausgeputzt, auch wenn der Lippenstift inzwischen verblasst und ihr Haar strähnig und glatt wie immer ist. Sie hält sich am Rahmen fest.

– Er ist nicht einfach so ins Wasser gesprungen, sagt Erna. Das hätte er nie getan. Von da oben. Bei Nacht. Er war ein ängstlicher Junge. Er kannte die Risiken. Sie wissen das so gut wie ich.

– Nein, sage ich. Ich war nicht dabei.

– Sie lügen.

– Ich hab euch doch gesehen, sagt Frau Köhler, wie ihr hier herumhingt!

– Ich war nicht dabei, sage ich. Lesen Sie die Polizeiakte. Frank hat zu viel getrunken und ist übermütig geworden.

– Die hingen zusammen rum wie Pech und Schwefel, sagt Frau Köhler. Und die Musik! Täglich bin ich rüber und hab gesagt: Macht dieses schwarze Ding aus. Du kannst dir das nicht vorstellen, Erna.

Frau Köhler hat rote Flecken im Gesicht.

– Ihr habt sogar Feuer gemacht! Offenes Feuer, obwohl es verboten war. Was da hätte pas-

sieren können! Ich will mir das gar nicht ausma-
len.

– Ich traue Ihnen nicht, sagt Erna zu mir.
Sie waren dabei. Sie haben gesehen, wie Ihr Bruder oder einer der anderen Kerle auf Frank losging.

Ich schüttle den Kopf.

– Er war der letzte Dreck für euch.

– Das stimmt nicht, sage ich.

Frau Köhler verschwindet in ihren Wagen.
Nach einer Weile kehrt sie mit ein paar Broten
zurück, in säuberlich kleine Happen geschnitten
und mit Gurken und Petersilienblättern gar-
niert, aber weder Erna noch ich greifen zu. Solange ich nichts erzähle, ist alles gut, also halte
ich den Mund. Ich kann das, ich habe das Indie-
augenschauen und Denmundhalten mit meinem Bruder geübt, man muss einen Punkt fixie-
ren, bis alles verschwimmt und man vergisst,
dass das, was man sieht, ein Mensch ist.

– Sie halten nicht durch, sagt Erna schließlich. Sie können das nicht ertragen. Irgendwann
erzählen Sie mir alles, das weiß ich.

Frau Köhler schiebt sie zum Parkplatz hinüber. Sie fragt nicht, ob ich ihr beim Einladen ihrer Freundin helfen kann. Ich bleibe in meinem
Stuhl auf dem kleinen Rasenstück sitzen und
ziehe mein Handy aus der Tasche und tippe,

langsam, ich will selbst verstehen, was ich schreibe. Eine Frau verdächtigt mich, tippe ich. Ich habe der besten Freundin dieser Frau vertraut, tippe ich. Ich wäre jetzt gern bei dir.

Frau Köhler atmet auf, als sie eine Stunde später zurück ist. Sie wirft sich ihren Fleecepullover über, schlüpft in die Birkenstocksandalen und reicht mir ein Bier.

– Nein danke, sage ich. Auf Ihre Gastfreundschaft kann ich verzichten.

– So zornig kenn ich Sie gar nicht, sagt Frau Köhler.

Ich antworte nicht.

– Ich hab nur getan, was Erna wollte. Was würden Sie denn tun, wenn das Ihre Freundin wäre? Mit Franks Tagebuch ist alles wieder hochgekommen. Ein Mann von der Firma, die ihr Haus ausräumt, hat es vor ein paar Wochen hinter ein paar Umzugskisten im Heizungskeller gefunden. Frank hatte es dort versteckt. Erna wusste überhaupt nicht, was mit ihm los war. Erna, hab ich gesagt, du hast deinen Sohn vernachlässigt. Auch ein Jugendlicher braucht Führung und jemanden, bei dem er sich ausheulen kann. Aber die Erna ist nicht der Typ zum Trösten. Meinen Sie, die hätte einmal in meinem Beisein geweint?

– Was stand in dem Tagebuch?

– Frank hatte Angst vor Ihrem Bruder und vor irgendeinem Apachen oder so ähnlich. Er war in Sie verliebt, und alle haben ihn gehasst und erpresst und er konnte sich niemandem anvertrauen. Seither glaubt Erna nicht mehr, dass es ein Unfall war. Sie will herausbekommen, ob ihn einer gezwungen hat zu springen oder ob er geschubst wurde.

– Und mein Bruder? Hat sie versucht, meinen Bruder zu finden?

– Doch, natürlich. Ich hab lediglich ein paar Telefonbücher aus der Gegend durchgeblättert, der Name stand ja im Tagebuch. Sie hat ihn angerufen, und er ist bei ihr im Pflegeheim aufgekreuzt.

Ich stütze mich auf den Stuhl.

– Wann war das?

– Sonntag. Ein verkommener Mann, hat sie gesagt. Einer, der schon ganz am Boden ist. Er war geschlagene zwei Stunden bei ihr und saß am Bett und jammerte rum, wie sie so schlecht von ihm denken könne. Sie hat ihm gesagt, dass sie einem Rechtsanwalt das Tagebuch übergeben werde. Er hat sie angebrüllt, dass sie eine alte Drecksau sei, die es nicht besser verdient habe.

– Und dann?

– Den Rest wissen Sie doch! Am Montag ist er hier am See herumgeirrt. Ich hab gleich Erna angerufen. Erna, das hier ist bestimmt dieser Spinner, der gestern bei dir war, hab ich gesagt, der sieht genauso aus, wie du ihn beschrieben hast. Die geschorenen Haare, nicht groß, diese Lederklamotten. Er pflügt wie ein Irrer durchs Wasser. Drück ihm den Kopf rein, hat Erna gesagt, bring ihn um, den Kerl, er hat nichts anderes verdient.

– Sie haben geahnt, was er vorhatte.

Frau Köhler schüttelt den Kopf.

– Und selbst wenn ich es geahnt hätte, sagt sie. Was hätte ich denn tun sollen? Ihn abhalten? In so einer Verfassung? Eine kleine Frau wie ich? Und wozu? Wenn er sich selbst hat richten wollen! Das spricht doch Bände!

– Ich kann hier nicht bleiben, sage ich.

– Ach was. Bleiben Sie bei mir. Wo sollen Sie sonst hin.

Das Handy piept. Diesmal muss ich nicht lange warten.

– Ich kläre, ob ich freikriege, schreibt Luis. Es geht bestimmt. Vielleicht bin ich schon übermorgen bei dir.

～

Mein Bruder flüsterte. Alles, was Frank betraf, flüsterte er in dieser Nacht, weil es einfacher ist, etwas Schlimmes so leise zu sagen, dass man es kaum versteht. Wir saßen auf meinem Bett, ich zugedeckt, er noch in Jacke und Schuhen. Ich erinnere mich, dass ich seine Hand hielt, während er sprach. Der Komantsche, sagte mein Bruder, sei an diesem Abend wieder auf den Schwimmbagger geklettert und ins Wasser gesprungen, obwohl es sehr dunkel war, Neumond, kein sternenklarer Himmel.

– Man sah beim Pissen im Wald nicht die Hand vor den Augen.

Sie hätten viel Grüne Witwe getrunken, das Zeug, das mein Bruder am Nachmittag Frank angeboten hatte. Es war genug davon da, der Komantsche hatte auf dem Rückweg zum See, nachdem er mich zu Hause abgesetzt hatte, Nachschub besorgt.

– Frank, flüsterte mein Bruder, war total besoffen und hat Stunk gemacht und mal wieder seinen Pa ins Spiel gebracht.

Sein Pa hätte gesagt, man darf nicht den Schwimmbagger runterspringen. Man macht sich haftbar, wenn man den Schwimmbagger runterspringt. So einen Scheiß hat Frank geredet. Er hat sein Maul ganz weit aufgekriegt. Und dann hat der Komantsche Frank gepackt und gesagt: Spring doch selber, du feiges Arschloch, und Frank, der in den Kleidern war, zum Schwimmbagger geschoben. Susi war dabei, sie hat alles gesehen, sie kann das bezeugen. Ich hab eine Zeitlang gar nichts mitgekriegt, mir war so kotzschlecht, ich hing auf dem Klo rum, und als ich zurückkam, hab ich die anderen zuerst nicht gefunden, nur Joe, der lag auf dem Steg und hat gepennt. Ich bin um den See rum, und währenddessen hat der Komantsche Frank die Kleider runtergerissen, auch seine verdammten Unterhosen, und Frank hat geschrien und Rotz und Wasser geheult, und damit das Schreien aufhört, hat der Komantsche Frank eine ins Gesicht verpasst und ihn den Schwimmbagger hinaufgetragen und runtergeschubst. Susi hat gerufen: Hör auf damit, du hast sie wohl nicht mehr alle. Aber du weißt ja, wie der Komantsche ist. Der lässt sich nichts sagen, das weißt du doch. Und dann kam ich dazu, weil ich Susi schreien gehört habe, und wir haben ins Wasser gestarrt und gewartet, aber Frank ist nicht mehr aufgetaucht, er war einfach verschwunden. Susi und ich sind zurück zu unseren Handtüchern gegangen und haben versucht, Joe zu wecken, der lag immer noch besoffen auf dem Steg herum und schlief. Wir haben gedacht, er hilft uns irgendwie, aber er ist nicht aufgewacht. Wir haben über den See geschaut und nichts gehört oder gesehen, gar nichts. Dann ist der Komantsche ganz ruhig zu uns gekommen und hat sich vor uns hingestellt

und gesagt, der Frank sei tot. Wir sind rüberge-
rannt und haben ihn da liegen sehen mit seinem
kaputten Kopf. Wir haben versucht, ihn zu beat-
men und ihm das Wasser aus der Lunge zu quet-
schen. Aber da war nix. Nix hat sich getan. Der
Komantsche hat gesagt, wir sollen alle abhauen.
Er haut jetzt für immer ab. Glaub mir, das hat er
gesagt. Wenn einer auch nur ein Wort ausspuckt,
hat er gesagt, ist es aus. Und er ist auf seine Maschine gestiegen und war weg.

Ich hielt die Hand meines Bruders und
sagte nichts.

– Du musst es für dich behalten, kapiert?
Kein Wort zu der Alten, verstehst du? Er bringt
auch dich um, wenn es rauskommt, er bringt
uns alle um!

Mein Bruder vergrub das Gesicht in seiner
Ellbeuge. Er schluchzte. Wie im Film, dachte ich,
alles ist genau wie in einem grundbeschissenen
Film.

– Ihr müsst zur Polizei gehen.

– Das machen wir auch, sagte mein Bruder,
Susi und Joe warten unten. Bestimmt wollen die
Bullen auch mit dir reden. Vielleicht holen sie
dich sogar heute Nacht noch raus. Damit du
sagst, was wir so am See gemacht haben. Dann
kein Wort über den Komantschen, verstanden?
Du sagst, Frank ist immer mal wieder vom

Schwimmbagger gesprungen. Den Komantschen hat es nie gegeben. Kapiert? Hast du kapiert? Wenn sie ihn finden, kommt alles raus. Der hängt sein Leben lang im Knast oder in der Klappe, das schwör ich dir! Und uns zieht er auch mit rein, obwohl wir nix getan haben.

– Und was ist mit der Wahrheit? Was wollt ihr der Polizei sagen?

– Dass es ein Unfall war. Was denn sonst.

~

Sie haben meinem Bruder und Susi geglaubt. Micha log gut. Wenn er log, wirkte er wahrhaftiger und gefühlvoller, als wenn er die Wahrheit sagte. Joe befragten die Polizisten vergebens. Volltrunken hatte er auf dem Steg geschlafen und Frank erst gesehen, als es mit ihm aus war. Die offizielle Wahrheit lautete so: Frank hatte wie alle anderen zu viel getrunken. Aus Übermut sprang er von dem Schwimmbagger in den See. Mein Bruder und Susi zogen ihn aus dem Wasser und versuchten ihn zu retten, merkten aber sehr schnell, dass es zu spät war. Sie weckten Joe, fuhren zurück ins Dorf und informierten die Polizei. Natürlich hätten mein Bruder und Susi und Joe nicht so viel trinken dürfen. Sie hätten Frank, sagte die Polizei, von seinem Sprung abhalten müssen. Aber bestraft wurden sie nicht.

Ich überlegte oft, was geschehen wäre, wenn ich mich nicht ausgerechnet an diesem Abend hätte zu meiner Mutter zurückfahren lassen. Ob ich dem Komantschen in den Arm gefallen wäre. Eine Antwort fand ich nicht. Wir gingen zu Franks Beerdigung. Der Pfarrer sprach von Leichtsinn und Haltlosigkeit, vom Alkohol und seiner fatalen Wirkung, vom Inderhandgottessein, auch wenn es gerade nicht zu spüren war. Franks Mutter, Erna, damals noch schlank und gesund und ohne die Härte von heute, sah uns nicht an. Sein Vater kam, als alles vorbei war, auf meinen Bruder und Joe zu, als wolle er sie verprügeln. Ein Onkel von Frank ging dazwischen. Wir verdrückten uns, anders kann man es nicht nennen.

Immer wieder versuchte ich in dieser Zeit, mit meinem Bruder zu reden. Ich stand vor seiner Zimmertür. Er ließ mich nicht hinein. Meistens tauchte er nach der Arbeit gar nicht zu Hause auf, sondern verbrachte die Nachmittage und Abende und Nächte bei Susi. Ich war allein. Der Komantsche war fort. Keiner wusste, wohin er abgehauen war. Ich stellte mir vor: Er hatte auf einem Schiff nach Amerika angeheuert für den Fall, dass jemand auf die Idee kam, ihn zu verpfeifen. Wenn ich einschlafen wollte, sah ich ihn, das Gesicht wie aus Wachs. Anfangs entschuldigte ich alles. Er hat getrunken, dachte ich, er hat das nicht gewollt. Dann wieder hasste ich ihn, weil er abgehauen war. Schon am Tag nach dem Unfall ging ich zum See und beobachtete, wie Polizisten im Wasser das aufgerissene Rohr bargen, an dem sich Frank den Kopf zertrümmert hatte. In der Zeitung stand, es hätten Warnschilder aufgestellt werden müssen. Franks Vater verwies auf das Schild am Schwimmbagger selbst, schwarze Schrift auf gelbem Grund, Betreten verboten. Ich stand am See auf unserem Stück Wiese und wusste, dass es zu Ende war. Mirko hatte die Reihe bunter Glühbirnchen abgehängt, die Tische zusammengeklappt und am Haus festgekettet, er schloss sein Lokal über den Winter und fuhr zurück in die Heimat. Die Dauercamper saugten Staub im Wagen, schrubbten die Kochplatten, verstauten Liegen und Stühle unter den Bettklappen, leerten ihre Kühlschränke und stopften übrig gebliebene Vorräte in Kisten, die sie zu ihren Autos schleppten. Sie montierten die Gaspatronen aus, sperrten die Türen ihrer Anhänger sehr fest zu, zogen graue Plastikplanen über die Wagen und verließen den Platz. Es wurde kälter, ich saß oft bei meiner Mutter zu Hause. Sie gab mir Aufgaben, bat mich, ihr beim Plätzchenbacken zu helfen und die Wohnung adventlich zu schmücken. Wir fuhren gemeinsam in die Stadt und kauften teure Honigkerzen und Gefäße aus Ton, in denen sie Bratäpfel zubereitete. Ich stocherte in der weichen Apfelmasse herum, trank einen mit Vanille aromatisierten Tee, den sie mir eingeschenkt hatte, und versuchte, mich geborgen zu fühlen. Mehr als einmal stürzte ich in meinen Träumen Felswände hinunter, die von kalter Feuchtigkeit glänzten. Ich griff danach und riss mir die Hände blutig und fiel und fiel, bis ich erwachte. Morgens zwang ich mich, aufzustehen und zur Schule zu gehen und so fleißig mitzuarbeiten, als ginge es darum, im Akkord Schachteln voller Metallklingen mit einem Gummiband zu umwickeln, ein Päckchen nach dem anderen wie unsere Mutter bei Expel. Ich war eine gute Schülerin gewesen. Ich wurde es wieder. Nachmittags besorgte ich mir Bücher in der Bibliothek, machte Hausaufgaben, erarbeitete mir Referate. Ich traf Klassenkameradinnen, um zu lernen, und freundete mich mit Lucy an. Sie war klug und still und nahm die Schule so ernst wie ich. Nach ein paar Monaten hatte ich alles aufgeholt. Stolz zeigte ich unserer Mutter mein Zeugnis. Sie setzte ihre Lesebrille auf, hielt den Bogen mit beiden Händen fest und las jede einzelne Note laut vor.

– Micha könnte sich ruhig eine Scheibe von dir abschneiden!

～

Vielleicht schon übermorgen, hat Luis geschrieben. Übermorgen bin ich seit einer Woche hier. Möglich, dass seine Freundin nichts von seinen Plänen erfährt. Mitunter legt Luis seine berufliche Schweigepflicht großzügig aus, alles passt guten Gewissens darunter, auch eine Geliebte bleibt unter dem Mantel der Schweigepflicht verborgen, das hat mich unsere Trennungsphase gelehrt. Aber es ist sinnlos, beleidigt zu sein. Ich werde ihn bitten, mir ein paar Dinge mitzubringen. Für ihn ist der Aufwand gering, er wohnt in der Nähe, die Nachbarin hat meine Schlüssel und ist meistens zu Hause. Die Kleider gehen mir aus, ich brauche etwas Wäsche, ein paar Pullover, Bücher, eine Regenjacke und festere Schuhe, meine Kamera hätte ich gern und meine Post. Dass Luis in meine Schränke schaut und in die Schubladen, meine Post sichtet und eine Reisetasche für mich packt, obwohl ich ihn seit einem halben Jahr nicht mehr gesehen habe, stört mich nicht. Ich habe wenig verändert, seit er das letzte Mal bei mir war, er findet sich zurecht.

– Treffen können wir uns nicht mehr, sagte

er an jenem Abend im März. Sonst müsste ich dich sofort in den Arm nehmen.

– Warum trennst du dich dann von mir?

Statt zu antworten, schlug er vor, dass wir in Kontakt bleiben und uns E-Mails und SMS schicken sollten, und das tun wir seither, obwohl ich von Anfang an dachte: Ich würde ihn viel lieber sehen, trotz dieser Frau. Wir könnten in unserem Café sitzen, am späten Vormittag unter der Weltkarte. Luis, der die Ellbogen auf den Tisch stützt, seine Schale Milchkaffee mit beiden Händen hält und mich ansieht, wie er mich von jeher angesehen hat, aufmerksam, ein wenig belustigt. Luis, der für mich mitbestellt, wenn die Bedienung kommt – wir hätten gern, sagt Luis, oder: bringen Sie uns bitte – und dabei etwas nennt, das ich nicht haben will, weil ich mich meist in letzter Minute umentscheide, woraufhin Luis die Kellnerin zurückruft. Ich habe mich geirrt, sagt er, meine Begleiterin wünscht eine Quiche mit Feldsalat, keinen Couscous.

Wir täuschen ein Gespräch vor, unterhalten uns über meine Freundin Lucy, die ich schon so lange nicht mehr gesehen habe, obwohl sie in München wohnt, und über den Bistrotisch mit der gewürfelten Marmorplatte, der gut auf meinen Balkon passen würde, oder wären niedrige Bänke mit Kissen gemütlicher? Dabei belauschen wir das Pärchen am Nachbartisch, die kurzen, missmutigen Bemerkungen, konntest du nicht, könntest du nicht, könntest du nicht ein einziges Mal, die ausweichenden, in die Enge getriebenen Monologe, du weißt doch, dass ich, wie sollte ich denn, ich war doch gar nicht in der Verfassung! Wir atmen auf, als die beiden das Café verlassen. Hoch die Tassen, sagt Luis, er könnte es noch immer sagen, gut gelaunt über unser geteiltes Geheimnis. Er sagt es nicht mehr.

∼

Es ist schon hell, als mich Stimmen vor dem Wagen wecken. Joe unterhält sich mit Frau Köhler.

– Ein schönes Plätzchen haben Sie da, sagt er.

– Mach Anna wach, ruft Mia. Ihre Stimme ist noch süßer und entschiedener, als ich sie in Erinnerung habe.

Frau Köhler sagt, dass sie mich schlafen lassen soll, weil ich sicher noch müde sei.

– Aber ich will mit Anna das Buch von der Kuh lesen, sagt Mia.

– Zeig mir das Buch mal, sagt Frau Köhler, und während ich das Bett aufschüttle und ein paar Sachen zusammensuche, beginnt Frau Köhler vorzulesen. Ihre Stimme hebt sich am Ende eines jeden Satzes, Frau Köhler hat Mühe mit dem Vorlesen, sie bezwingt das Buch, wie man ein fremdes Kochrezept abarbeitet. Aber Mia kichert, wahrscheinlich sitzt sie dabei auf Frau Köhlers breitem Schoß. Joe höre ich nicht, vielleicht spaziert er um den See herum, ich nehme Handtuch und Kulturbeutel und möchte schnell an Mia vorbei, darum winke ich nur beiläufig.

– Ich bin gleich bei dir!

Mia rutscht von Frau Köhlers Schoß und läuft auf mich zu, sie trägt eine Jacke aus dunkelrotem Wollfilz und weiße Strumpfhosen, ihre Nase läuft.

– Komm, Mia, ich lese dir weiter vor, sagt Frau Köhler und tritt dazu.

Aber Mia legt ihre Arme um meine Knie.

– Ich muss duschen, sage ich.

– Dann gucke ich zu, sagt Mia.

Mit kleinen Schritten folgt sie mir die Wiese zu den Duschen hinauf.

– Mein Papa guckt sich die Dings an, sagt sie.

– Welche Dings?

– Die Häuser. Auf Rollen.

Ich drehe den Eimer im Duschraum um, damit Mia darauf sitzen kann. Ihr Hals ist auffällig schmal und ganz hell, das Haar geht kaum bis zu den Schultern. Ich ziehe mich aus und spüre, wie sie mich anschaut, den Bauch, die Brüste, ganz unverwandt schaut sie und sagt:

– Du siehst komisch aus!

Ich muss lachen.

– Warum?

– Weil du da unten Haare hast. Meine Mama hat da keine Haare. Sie macht sie immer weg. Darum sieht sie aus wie ich.

Als ich fertig geduscht habe, schminke ich mich. Frau Köhler wird es bemerken. Sie wird sich über meinen Besuch wundern und über Mias Anhänglichkeit und über die Farbe in meinem Gesicht und wird sich ihren Teil denken, das soll sie ruhig.

– Was machst du da?

– Ich mache mich schön.

– Darf ich auch mal?

Ich reiche Mia den Lippenstift. Sie dreht ihn ganz vorsichtig auf und setzt ihn an den Mund. Ich hebe sie hoch, damit sie in den Spiegel sehen kann. Sie juchzt. Dann gehen wir zurück zum Wagen, Mia und ich, mit roten Lippen. Joe sitzt auf den Stufen meines Wagens, eine von Frau Köhlers Tassen in der Hand. Als er uns sieht, kommt er auf mich zu und nimmt mich in den Arm.

– Mia hatte Sehnsucht nach dir, sagt er.

– Das freut mich, sage ich.

– Ich dachte, wir könnten einen kleinen Spaziergang machen. Um den See herum.

– Natürlich können wir.

Ich ziehe mir einen Pullover über und stopfe die nassen Haare in die Mütze meines Bruders, Mia nimmt mich an die eine, Joe an die andere Hand. Am Waldrand macht sich Mia los.

– Hier lang, sagt sie und stolpert über den weichen Nadelboden ins Dunkel hinein. Ihre Filzjacke leuchtet im Unterholz.

– Pilze!, ruft sie, als sie eine Kolonie kleiner, hellbrauner Pilze mit dünnen Stängeln und langen Hauben entdeckt.

– Und noch mehr Pilze!

Immer weiter rennt sie in den Wald hinein. Ich will sie zurückholen.

– Mia, rufe ich. Nicht in den Wald. Lass uns an den See gehen und Steine werfen. Der Wald ist so dunkel.

– Kommt, ruft Mia. Wir spielen Verstecken.

Ich laufe los. Joe hält mich fest.

– Nur kurz, sagt er.

– Sag schon.

– Mir ist was eingefallen. Ein Gespräch mit Micha vor ein paar Wochen. Er wollte mit mir wegfahren, Richtung Genua. Nur ein Wochenende lang, Rotwein trinken am Strand, auf Isomatten unter freiem Himmel schlafen, solche

Sachen. Ich hab gesagt: Micha, das ist zu weit für uns. Das schafft man nicht in so kurzer Zeit. Micha hat behauptet, man wäre, wenn's hoch kommt, in vier Stunden da. Man schafft das niemals in vier Stunden, aber Micha sagte: Dieser Arsch von Komantsche schafft das auch. Woher weißt du das, hab ich gefragt, wie kommst du überhaupt auf den? Dazu hat er gar nichts gesagt, keinen Ton.

– Und?

– Das heißt, dass er mit dem Komantschen gesprochen hat. Er hat mich angelogen. Er hat in den Dolomiten mit ihm geredet.

– Trajan heißt er übrigens.

– Wer?

– Der Komantsche.

– Woher weißt du das denn?

– Ich weiß es nicht. Susi weiß es.

– Kommt mal, ruft Mia. Ich hab was.

Wir gehen zu ihr. Mia hockt am Boden, über ein Stück Plastik gebeugt, das an einer abgerissenen Astspitze flattert, ein paar Zentimeter des Bandes, das die Spurensicherung in einem weiten Kreis um die Eiche gezogen hatte.

– Ein alter Luftballon, sagt sie.

~

– Wenn du so drängelst und es ausgerechnet an meinem Fitnessstudioabend sein muss, hat Susi gesagt, dann komm halt um halb acht in die Klause.

Die Klause ist neu, eingebaut im spitzen Eck eines Neunzigerjahrebaus in der Dorfmitte, man sitzt etwas erhöht auf dunklen Bierbänken, die Wände sind holzgetäfelt, auf allen Tischen stehen Plastikblumengestecke und eingeschweißte Speisekarten mit Bierwerbung auf der Rückseite, Wein aus der Gegend gibt es nicht, in der Klause streift man das Regionale radikal ab, Susi mag das. Ich bin mit dem Fahrrad da, Joe hatte mir Inas altes Rad auf dem Dachgepäckträger an den See gebracht. Er macht mir alles so leicht. Am Abend muss er zum Training, wir haben vereinbart, dass ich Susi allein treffe.

– Aber lass dich nicht zu sehr einwickeln. Die Susi genießt es, Leute kleinzumachen. Die braucht Bewunderung wie Wasser und Brot.

– Das war doch schon immer so.

– Na ja, sagt Joe und lacht. Es ist noch schlimmer geworden. Und weißt du was: Frag sie nach Max.

– Warum nach Max?

– Frag sie, sagte Joe, ich bin gespannt.

Er war schon im Begriff, loszufahren, als ich ihn endlich darauf ansprach. Man ist befangen, wenn es um Menschen geht, an denen man hängt. Auf eine bestimmte Art habe ich Micha immer vertraut, trotz allem.

Joe drehte den Zündschlüssel zurück und öffnete die Tür.

– Komm rein und setz dich, sagte er.

Das schwarze Polster war ganz warm, Joe beugte sich über meine Beine zum Handschuhfach hinüber, holte eine Kaugummipackung heraus und reichte sie mir. Mia schlief hinten in ihrem Sitz, das Kinn an der Brust und eine rosa Trinkflasche im Schoß. So fühlt es sich also für Ina an mit Joe, dachte ich, in guten Zeiten. Ich steckte das Kaugummi in den Mund und stopfte den Abfall in den Aschenbecher zwischen Joe und mir.

– Was ist?

Ich zog die Knie hoch.

– Hast du jemals an dem gezweifelt, was Micha erzählt hat?, fragte ich.

– Was meinst du?

– Dass der Komantsche Frank runtergeschubst hat?

– Warum sollte ich?

– Vielleicht war es gar nicht der Komantsche. Vielleicht war es Micha. Er hat Frank oft genug was angedroht. Er war so genervt von ihm.

– Das waren wir alle. Trotzdem wären wir nie auf Frank losgegangen. Schon gar nicht Micha. Auf dem Schwimmbagger. Er hat sich ja gar nicht hochgetraut.

Als Susi hereinkommt, ist es acht Uhr und draußen dämmerig, sie sieht erhitzt und schlecht gelaunt aus und hat eine Fahne.

– Ingrid, ruft sie, das Übliche.

Die Kellnerin bringt ein dunkles Bier, in dem Früchte schwimmen.

– Altbierbowle, sagt Susi, musst du unbedingt probieren.

Sie plappert los. Drei Mäntel sei sie am Nachmittag losgeworden und mehrere von einer Freundin aus dem Nachbardorf handgestrickte Stulpen.

– Nicht mal reine Wolle.

Sie sieht immer wieder an mir vorbei zur Tür, als erwarte sie, von mir erlöst zu werden, aber es ist Montag, nur zwei weitere Tische sind besetzt.

– Die Leute stehen so auf Stulpen, du machst dir gar keine Vorstellungen. Weißt du noch: Flashdance? Danach hatten wir auch alle fette Stulpen, um auszusehen wie Jennifer Beals.

– Du hast sogar ein bisschen so ausgesehen.

– Aber meine Locken waren nicht kraus genug.

– Auf jeden Fall hing dein Pulli seitlich die Schulter runter.

– Weil ich den Halsausschnitt geweitet habe, bis er gerissen ist. So. Susi zieht einen imaginären Pulli auseinander.

– Prost, sagt sie, auf straffere Zeiten.

– Danke, dass du gekommen bist, sage ich. Susi wird ernst.

– Was willst du von mir hören?

Ich brauche sie, um ein Bild zu gewinnen. Eine andere Möglichkeit habe ich nicht.

– Was hat der Komantsche zu Micha gesagt?

Susi atmet tief ein.

– Der Komantsche? Was weiß denn ich! Der ist doch vor Jahrzehnten verschwunden.

– Micha hat ihn gesehen, als er mit Joe in den Dolomiten unterwegs war.

– Wie kommst du auf den Scheiß? Wer hat dir das erzählt? Joe?

– Ich weiß es einfach.

Susi lehnt sich zurück. Sie nimmt den langen Löffel, der neben ihrem Glas liegt, und fischt Erdbeeren aus ihrer Bowle. Im Mund presst sie das Bier aus den Früchten, dann kaut sie. Sie lässt sich viel Zeit, ich sehe ihr zu und hoffe, dass sie mir etwas erzählen wird. Irgendetwas, womit sie mich zufriedenstellen will.

– Du hast immer ganz viel wissen wollen, sagt sie. Aber da, wo es wichtig gewesen wäre, nachzufragen, hast du den Mund gehalten. Nicht, dass das auf meinem Mist gewachsen wäre. Das sind Michas Worte. Meine Schwester traut sich nix. Du kannst ihr ins Gesicht lügen, und sie schnallt es nicht. Wie ihr drauf wart, du und dein Bruder!

– Nicht schlechter als ihr.

– Wir haben es immerhin ein paar Jahre miteinander ausgehalten.

Ingrid kommt an den Tisch und stellt ein weiteres Glas Altbierbowle hin. Dazu Erdnüsse in einer kleinen Schale. Susi greift danach, sie kaut, ich warte.

– Also gut, sagt sie. Du willst wissen, was mit Micha los war. Du glaubst, ich hab mehr Ahnung als du. Dabei hab ich ihn seit Ewigkeiten nicht mehr gesehen. Was soll ich dir schon groß über ihn sagen.

– Ich will wissen, warum Micha so verstört war, nachdem er den Komantschen getroffen hat.

Susi hat die Arme unter der Brust verschränkt, sie stutzt, dann lächelt sie.

– Okay. Micha hat auf dieser Motorradfahrt in den Bergen den Komantschen getroffen. Als er zurück war, ist er völlig fertig bei mir aufgekreuzt. Der Komantsche, sagte er, hätte sich die ganze Zeit hier im Tal rumgetrieben und weiter Stoff verkauft. Wir hätten ihm jederzeit begegnen können. In der Innenstadt. Auf dem Markt. Sogar hier, in der Kneipe. Aber es hat nicht sollen sein.

Sie lächelt wieder und das Lächeln verrät mir etwas.

– Du warst das, sage ich. Du hast dafür gesorgt, dass wir ihn nicht treffen.

– Warum ich? Wie hätte ich das tun sollen?

Susi lacht, ihre gebleichten Zähne leuchten.

– Sag du es mir.

Susi zieht ihre Locken am Hinterkopf zusammen und legt sie in einen langen Knoten, so dass das Haar an den Seiten ihres Gesichts in einem weichen Schwung nach hinten fällt.

– Na schön, du willst es so.

Sie seufzt und nimmt einen Schluck.

– Wir sind ja Freundinnen, da hat man keine Geheimnisse. Aber ich sag dir: Es wird weh tun.

– Das tut es sowieso.

– Er hat Micha erzählt, dass ich mit ihm eine Affäre hatte. Langzeitaffäre nennt man das wohl.

– Du warst ...

– War ich. Aber tu doch nicht so. Du hast es gar nicht mitkriegen wollen. Dabei musste man nur eins und eins zusammenzählen. Vor dir und Micha und Joe ist er abgetaucht, weil er Angst hatte, dass ihr ihn verpfeift. Das sind keine Freunde, hat er gesagt, auf die kann man sich nicht verlassen. Mir hat er vertraut. Jede Woche hat er mich hinten am Steinbruch abgeholt und ist mit mir in die Berge gefahren, du weißt schon, das Bauernhaus, von dem er immer erzählt hat. Ein Wunder, dass das niemand gespannt hat. Ich hab mich gut gefühlt, fast so gut wie am See.

– Und die ganze Zeit über warst du mit Micha zusammen.

– Trajan wusste das. Manchmal, wenn er mich so richtig nach Micha ausgefragt hat, hab ich gedacht, er findet das gerade geil. Und wenn du glaubst, dass ich ein schlechtes Gewissen wegen Micha hatte: Nein, das hatte ich nicht. Wir waren halt jung, ich mochte beide, jeden für sich. Trajan und ich hatten ein paar wirklich coole Jahre, aber als Max kam, begann Trajan mir auf die Nerven gehen. Erst mal hier das Leben auf die Reihe kriegen, sagte ich zu ihm.

– Er hat Frank umgebracht.

Susi schüttelt den Kopf.

– Wie das klingt! Das war doch keine Absicht. Er hatte sich einfach einen Moment lang nicht im Griff. Wenn du mich fragst: Es war mehr ein Unfall als alles andere. Natürlich hat er das bereut. Er hat da ein Stück Seele gelassen, das darfst du mir glauben.

– Das hat er gesagt?

– Keinen Ton hat er darüber gesagt. Er würde noch immer nicht zugeben, dass er es war.

– Aber du hast ihn dabei gesehen. Du könntest ihn ruinieren.

– Ach, du kennst ihn doch. Und du kennst mich. Glaubst du, ich würde jemals zu den Bullen gehen und reinen Tisch machen? Wir haben unseren Schwur, weißt du. Ich häng an so was.

– Und was macht er jetzt?

– Er ist völlig abgestürzt. Noch als er da im Stadtpark rumhing mit seinem Armeeschlafsack und seinen versoffenen Kumpels hat er sein Lied vom Sonneputzen gesungen, dabei hatte er keinen Pfennig in der Tasche und stank wie ein Fisch. Ich hab ihm den Laufpass gegeben, als Max noch klein war.

– Micha hat nie was gemerkt?

– Micha? Warum sollte er? Alles war wie immer. Wir haben vor der Glotze gesessen und heile Welt gespielt, war ja auch ganz schön, ein Mann, der einfach da ist. Dann war auch das vorbei. Aber du weißt ja, wie dein Bruder war: Er hat es immer wieder mit mir probieren wollen. Der saß mir so was auf der Pelle. Keine Woche, die er nicht im Laden aufkreuzte und bettelte, dass wir es wieder versuchen.

– Und Max? Hat er irgendeine Ahnung, wer der Komantsche ist?

Susis Stirn zieht sich zusammen.

– Was soll Max für eine Ahnung haben, um Himmels willen!

Sie verdreht die Augen.

– Max ist Max, mein Gott. Hör mal, es ist schon spät, wir haben uns ganz schön verquasselt, und ich muss morgen früh raus. Ingrid! Keine Bierchen mehr. Die Herrschaften möchten zahlen.

Beim Rausgehen sagt sie:

– Und, zufrieden?

Ich sage nichts.

– Das alles ist doch so was von vorbei. Joe hat recht: Micha war einfach krank. Wenn ihn der Schnee von vorgestern noch kränker gemacht hat: so be it. Dass ich ihn betrogen habe vor etwa, na ja, fast einem Fünfteljahrhundert. Oder einem Sechsteljahrhundert. Micha wüsste das jetzt genauer. Schöne Scheiße.

Ich klemme die Handtasche auf den Sattel meines Fahrrads. Ich frage:

– Weiß Trajan, was mit Micha ist?

– Keine Ahnung. Je nachdem, wo der sich rumtreibt. Wenn du Trajan in diesem Leben doch noch mal sehen solltest: Glaub ihm kein Wort. Der ist noch versponnener als wir alle. Und versprich mir, dich an den Schwur zu halten, hörst du? Der Typ ist brutal. Kriegt er es mit der Angst, macht er dich kaputt.

Sie klopft auf meinen Sattel.

– Ich würde um diese Zeit nicht gern über den Feldweg fahren. Aber du willst ja unbedingt am See schlafen. Meine Schuld ist es nicht!

Im Licht der Straßenlaterne sehe ich, dass der Fleck an ihrem Hals noch da ist, er hat sich grün verfärbt.

– Was hast du da eigentlich? Einen Knutschfleck?

Sie zuckt die Achseln.

– Weiß auch nicht. Sieht schlimmer aus, als es ist.

∼

Auf der Fahrt über die Felder werde ich die Bilder nicht los, die sie mir in den Kopf gesetzt hat. Der Komantsche und Susi in der Hütte in den Bergen, ein Haus aus verwittertem Holz mit knarzenden Dielen und einem viel zu tiefen, kurzen Bett. Die rote Ballondecke, die aus dem Bezug rutscht, wenn sie miteinander schlafen. Die Speckbrote, die er ihr schmiert, und wie sie gemeinsam Birnenschnaps trinken und einen Joint rauchen, während ich auf dem Mofa meines Bruders die kurvigen Bergstraßen hinauf- und seitlich die Wege hineinfahre zu den abgelegensten Gehöften, solche, die Silberberghof oder Tannengrundhof heißen, auf der Suche nach ihm. Inas Fahrradlampe wirft einen dicken Lichtpunkt auf den Feldweg, aber um mich herum ist es dunkel. Ich trete in die Pedale, es ist kurz vor Mitternacht. Du bringst deine Schwester doch vor zwölf nach Hause, sagte meine Mutter zu meinem Bruder, als sei ich ein Päckchen oder Gepäckstück, das man mitnimmt. Nacht für Nacht stand sie auf, wenn wir endlich zu Hause waren, legte die Kette vor, schob den Riegel ein und drehte den Schlüssel im Schloss um, zur Sicherheit.

In der Ferne heult ein Motorrad auf, erst einmal, dann ein zweites Mal, das zweite Aufheulen ist lauter als das erste. Ich komme voran, auch wenn sich eine Hitze von der Brust zu den Oberarmen ausbreitet und meine Spucke nach Blut schmeckt, ich trete fester, den kleinen Hügel zur Kreisstraße hinauf, über die Kreisstraße hinüber, kein Auto ist unterwegs, und den Bach entlang. Bis zu Frau Köhler musst du es schaffen, denke ich, wenn du bei Frau Köhler bist, ist es vorbei. Das Motorrad ist hinter mir, ein paar hundert Meter noch, ich wage nicht, mich umzusehen. Die Muskulatur in den Beinen brennt, der Brustkorb tut weh, wenn ein Ast quer liegt oder ein großer Stein, zieht das Rad hinten hoch und ich knalle über den Lenker zu Boden, aber ich muss schneller werden, das Treten ist meine einzige Chance. Dann sehe ich den See. Ich biege in das kleine Waldstück ein, verlangsame in der Kurve vor dem Parkplatz des Jugoslawen, ich höre jetzt keinen Motor, ich höre nichts mehr, es ist so still, als hätte es das Motorengeräusch nie gegeben. Ganz in der Ferne leuchten ein paar winzige Straßenlaternen, und die Munzinger und die Petersbacher Häuser stehen da wie schwarze Bauklötze. Du hast dich schon mal beobachtet gefühlt, denke ich, und da war gar nichts, du hast die Toiletten und Duschkabinen im Waschhaus abgesucht, völlig grundlos, so war es auch diesmal, du hast es dir eingebildet. In Frau Köhlers Wagen brennt Licht und im schwachen Schein dieses Lichts öffne ich meine Tür. Plötzlich steht Frau Köhler hinter mir. Sie sieht mich erwartungsvoll an und für einen Moment bin ich so froh um ihre Nähe, dass ich nicht sprechen kann.

– Ein Glück sind Sie endlich da, es ist ja
schon Geisterstunde. Sie sind nicht zufällig diesem komischen Typ auf dem Motorrad begegnet? Er ist hier um den See gefahren. Einmal
rum. Ich dachte: Der will sicher was von Ihnen.

~

Wenn sie die Wirklichkeit nicht ertrug, betrachtete unsere Mutter ein Foto. Es stammt aus den
späten siebziger Jahren und stand bis zuletzt ge-
rahmt auf dem Schränkchen neben ihrem Bett.
Es ist ein Bild der Zuneigung, der gleich verteil-
ten Chancen: Zwei Kinder in viel zu großen Frot-
teebademänteln auf dem Sofa, wir umarmen
einander, sehen gebadet aus, unsere Füße sind
nackt, wir spielen mit den Zehen. Mein Haar ist
gar nicht so rot, wie ich es in Erinnerung habe,
Michas nicht so lockig und blond. Wir lachen in
die Kamera, die unsere Mutter auf uns richtet,
kuckuck, sagt sie, und nun lacht doch mal, und
das tun wir, die Gesichter im genau gleichen
Winkel dem Objektiv zugewandt, beide sommer-
sprossig, beide blass mit dem vollen Mund unseres Vaters. Als wir älter wurden, versuchte unsere
Mutter, Micha und mich aneinanderzubinden.
Fortwährend fragte sie den einen nach dem
anderen, sie richtete uns Dinge aus, Freund-
lichkeiten, die keiner so gesagt hatte. Manch-

mal bat sie uns, beim jeweils anderen mal wieder vorbeizuschauen oder wenigstens anzurufen.

– Er freut sich dann so, sagte sie zu mir.

– Sie freut sich dann so, sagte sie zu ihm.

Aber ich war ziemlich sicher, dass das nicht stimmte.

Von den Autos, die Micha kaufte und kaputt fuhr, von den Wohnungen, die er neu bezog, abwohnte und verließ, von den Frauen, mit denen er nach der Trennung von Susi zusammen war, erfuhr ich zuerst von meiner Mutter. Sie war es, die mir erzählte, dass er den Motorrad- und LKW-Führerschein gemacht, den Meister aber nicht geschafft hatte, auch nach mehreren Anläufen nicht. Sie bat mich, herauszufinden, ob er zu viel trank oder Tabletten nahm. Sie wollte wissen, warum er sich trennte, aber nicht scheiden ließ. Ob er es bei diesem Job länger aushalten würde als beim vorangegangenen. Ob seine Freunde etwas taugten. Sie sorgte sich um ihn, mich ärgerten ihre Sorgen.

Ich erinnere mich an ihre hellgrünen, im Alter matteren Augen, den schmalen Mund und wie sie, wenn sie sich unbeobachtet glaubte, enttäuscht aussah und bitter. Und doch hatte sie die Zuversicht, dass Micha und ich, *wenn ich mal nicht mehr bin,* aufeinander aufpassen und einander helfen würden. Aber ich weiß, dass sie

das Aufpassen und Helfen vor allem von mir erwartete.

– Weil du dein Leben besser im Griff hast. Er
schlägt nach eurem Vater, du kommst nach mir,
auch wenn ich nicht studiert habe wie du.

Sie erzählte meinem Bruder wenig von mir.
Es gab nur selten etwas Berichtenswertes in meinem Leben.

– Na Schwesterchen, den Doktortitel geschafft?, sagte Micha, als ich zu meiner Mutter
zu Besuch kam, um mit ihr auf die am Vortag be-
standene Doktorprüfung anzustoßen.

– Du meinst: den Literaturnobelpreis er-
halten. Ja, hab ich, sagte ich, war gar nicht
so schwer. Das fliegt einem so zu, verstehst
du?

Ich stand im Flur, noch im Mantel, in der
Hand hielt ich eine Champagnerflasche. Mit
meinem Bruder hatte ich nicht gerechnet, es
war Werktag, früher Nachmittag, aber offenbar
hatte er sich auf einen Anruf der Mutter hin frei-
genommen, um mit uns das Ereignis zu feiern,
oder auch, wie ich damals dachte: um uns das
Ereignis zu verderben, weil er es nicht ertrug.

Er bräuchte so was mehr als sie, dachte
meine Mutter.

Sie dachte: Meine Tochter erntet die Er-
folge, mein Sohn die Misserfolge.

Sie hatte uns mit ihren kleinen, ermutigenden Botschaften in unseren Müslischalen versorgt und gehofft, uns so vor dem Leben zu beschützen. Und sie glaubte zu wissen, dass das eine Kind an diesem Leben dennoch Schaden genommen hatte, das andere nicht.

– Den Literaturnobelpreis, verstehe, sagte Micha, nahm mir die Champagnerflasche aus der Hand und nestelte an dem kleinen Metallgerüst unter dem Silberpapier herum.

– Wissenschaft, Literatur, du weißt schon, sagte er dann langsam, für einen Deppen wie mich ist das alles dasselbe.

~

Nach meinem Morgenlauf und der Dusche tritt mir Frau Köhler in den Weg, einen Korb mit Brötchen in der Hand. Die Sonne scheint auf den Tisch mit der Birnendecke zwischen unseren Wagen, Frau Köhler hat Blumen gepflückt und in eine Glasvase gestellt und eine Schale mit Trauben und Walnüssen gefüllt. Sie stellt den Korb ab und sieht mich an.

– Sie hadern immer noch mit mir. Dabei dachte ich, dass wir gute Freundinnen werden könnten. Wir hatten doch ein paar schöne Stunden! Was will man mehr? Ich war so froh, als Sie gestern heil hier ankamen!

Sie lächelt mir zu. Frau Köhler lächelt selten. Vielleicht ist es das Lächeln, das mich zu Frau Köhler hinzieht, auch wenn sie Sekunden später die Seite wechselt. Ich weiß: Verrat nistet sich überall ein, er ist da, wo zwei zusammenkommen. Frau Köhler streicht Honig auf ein Brötchen und legt es auf meinen Teller.

– Es riecht schon nach Herbst, sagt sie. Wenn Sie wüssten, wie ich den Herbst und den Winter hasse. Ich brauch die Sonne. Ich geh sonst ein wie eine Primel. Aber schauen Sie doch, dahinten, was ist denn das? So ein Riesenvieh hab ich ja noch nie gesehen!

Halb unter, halb neben ihrem Wagen hat sich ein Vogel niedergelassen, groß wie ein Schwan, aber mit kurzem Hals und hässlichem, nacktem Fleisch, das an seiner Gurgel hin und her schaukelt. Irgendein Entenvogel. Kurz sieht er zu uns auf, dann vergräbt er den Kopf im Gefieder.

Frau Köhler krümelt sich Brot in die hohle Hand und geht langsam auf den Vogel zu.

– Puttpuuuutt, macht sie. Puttpuuutt, mein Schlingel!

Ich nehme den Teller mit dem Brötchen und setze mich in den Wagen, um zu schreiben.

Eine Weile später ruft sie durchs Fenster.

– Hier ist jemand für Sie!

Mia kann es nicht sein, Joe auch nicht und Susi arbeitet den ganzen Tag im Laden, hat sie gesagt. Ich klappe den Laptop zu. Übermorgen ist heute, denke ich, ich hab das völlig aus dem Blick verloren, Luis kommt, vielleicht jedenfalls.

–Gleich! Einen Moment Geduld!, rufe ich und suche nach meiner Bürste und der Haarspange und meinem Puder. Aber draußen, im Spätsommerlicht, steht nicht Luis, sondern Max, er hat eine Wollmütze in die Stirn gezogen, die meiner gleicht, seine Hose hängt tief unten. Ich finde ihn blass und möchte ihm die Mütze vom Kopf reißen und sein Gesicht in die Sonne drehen. Dabei ist es vielleicht nur eine Art, wie man als Junge auftreten muss, um in diesem Nest jemand zu sein.

–Du hättest das Vieh sehen sollen, sagt Frau Köhler zu Max. Groß wie ein Kind und so hässlich mit diesem Fleischwust am Hals! Geschnappt hat es. So ein aggressives Wesen!

–Ich stör doch nicht?, fragt mich Max.

Er schaut zu Boden, während er das sagt, ich habe Mühe, ihn zu verstehen.

Wir gehen über den Kiesweg des Campingplatzes zur Holzbrücke im Wald. Ich bin mir sicher, dass er bekifft ist, nicht nur der roten Augen wegen, er wirkt schlaff, wie abgeschossen.

Aber der Ton seiner Frage passt nicht dazu, er hat etwas Dringendes.

– Wann hast du ihn zuletzt gesehen?

– Wen, frage ich, obwohl ich weiß, wen er meint.

– Papa, sagt er.

Ich stelle mir vor, was man empfindet, wenn man 15 Jahre alt ist und Papa sagt, ein Wort, das einmal Schutz bedeutet hat und Ordnung und Verlässlichkeit, egal, was der Vater wirklich für ein Kerl ist, und was in dieses Wort hineinfährt, wenn sich dieser Papa gerade umgebracht hat. Ich würde verstehen, wenn Max die Tränen kämen, aber da kommt nichts.

– Vor drei, vier Jahren etwa. Er hat mich besucht, weil er ein Bewerbungsgespräch in München hatte. Du warst nicht mehr klein, vielleicht elf.

Max sagt etwas, in seine Jacke hinein, der Kies unter unseren Füßen knirscht, ich verstehe ihn nicht.

– Du musst lauter sprechen, sage ich zu ihm und frage mich, was mein Bruder hier mit Max am See gesagt hätte, ob er ungeduldig geworden wäre, *kannst du mir nicht in die Augen schauen, kannst du nicht normal sprechen?*

Max hebt die Stimme gerade so sehr, wie es unbedingt sein muss.

– Habt ihr über mich geredet?

Jener Nachmittag fällt mir ein, Micha in meiner Dachwohnung.

– Die Kohle, die ich brauche, ist für Max, sagte er. Max ist kein kleines Kind mehr, ich hab ihm was versprochen. Du musst mir was leihen, sonst kann ich mein Versprechen nicht halten, das verzeiht er mir nicht.

– Er wollte dir etwas schenken, glaube ich. Aber ich weiß nicht, was.

– Er brauchte Geld, oder?

– Ja, er brauchte mal wieder Geld.

Ich laufe mit Max das Schilf entlang und denke: Wie armselig mein Bruder damals da stand.

– Es ist wichtig, dass ein Vater sein Versprechen hält, sagte er. Wenn du mir die Kohle nicht gibst, enttäusche ich Max. Fünfhundert Euro, komm, das reicht, wenn ich den Job habe, zahl ich das zurück.

– Das hast du schon oft behauptet, sagte ich.

– Wie schlau mein Schwesterchen mal wieder ist. Ich bitte dich trotzdem. Leih mir das Geld. Ich hab ein Versprechen gegeben. Es wäre ungerecht, das zu brechen. Du bist doch Fachfrau für so was. Frag Anna, hat Mama immer gesagt, die versteht was von Gerechtigkeit.

– Hör auf!

– Ich hör schon auf. Also: Gib mir die Kohle, ich flehe dich an!

Er lächelte. Ich sehe dieses Lächeln vor mir, ein Lächeln, als sei er ganz sicher, mich rumzukriegen, vielleicht sollte es auch nur seine Scham überspielen, aber daran dachte ich damals nicht. Mein Bruder, dachte ich, glaubt, mein Geld stünde ihm zu, ihm mehr als mir selbst. Er glaubt, er hat es verdient, weil es das Leben mit mir besser meint als mit ihm, dabei hat er nichts für dieses Geld getan.

– Ich hab ihm das Geld nicht gegeben, sage ich zu Max.

– Warum nicht?

– Du hast keinen Bruder und weißt nicht, wie das ist. Sagen wir mal: Ich hab ihm das Geld nicht gegeben, weil es meins war. Ich fand: Er hätte ein Geschenk für dich selbst verdienen müssen. Deine Oma hat ihm immer mit Geld aus der Patsche geholfen. Aber man kommt nur aus eigener Kraft hoch.

– Und wenn einer die nicht hat? Ich meine, die Kraft? fragt Max.

Wir haben die Hälfte des Sees umrundet und sind ganz in der Nähe des Schwimmbaggers angekommen. Von hier sieht der Biergarten des Jugoslawen klein aus, die Lampen winzige Punkte, der Steg ist kaum zu erkennen und von den Campingwagen hinter dem Schilfgras sieht man die Dächer nur, wenn man von ihnen weiß. Der See wirkt größer aus dieser Perspektive, ich habe das an den anderen Morgen beim Laufen gar nicht bemerkt. Wer hier stand, hat uns kaum wahrgenommen, und wenn wir nackt auf dem Steg lagen, ich, der Komantsche, mein Bruder, hatten wir keine Gesichter. Der Schwimmbagger dagegen scheint aus der Nähe gewaltig und sehr hoch. Max geht darauf zu und berührt das Verbotsschild, das an der Seite herabhängt, es ist an den Rändern verrostet, er lässt es an der Kette schaukeln und sieht nach oben.

– Warst du mal drauf?, fragt er.

– Ich glaube nicht, sage ich. Höhe war nie mein Ding.

– Papas auch nicht.

– Er ist für dich sogar auf einen Spielplatzturm geklettert. Trotz Höhenangst. Ich war dabei. Er wollte dich rauflocken.

– Kann sein. Aber wenn ich mal gesagt hab, er soll im Freibad vom Fünfer oder Zehner springen, hat er sich geweigert. Geschwindigkeit ja, hat er gesagt. Höhe nein.

– Wahrscheinlich hast du recht. Ich hab ihn auch nie vom Schwimmbagger springen sehen. Obwohl ihm Verbote ziemlich egal waren.

– Schwimmen mochte er nicht.

Max versetzt dem Verbotschild einen Schlag mit der Faust. Wir gehen weiter, Max hat das Tempo eines alten Mannes. Mein Bruder war nicht so lethargisch und Susi schon gar nicht.

– Was denkst du jetzt?, frage ich, obwohl man das nicht fragen darf, schon gar nicht einen Jugendlichen. Aber Max scheint es nichts auszumachen.

– Dass Papa einfach nur sein Versprechen halten wollte. Wenn du zwölf bist, schenk ich dir was, womit du es der ganzen Welt zeigen kannst, versprochen, hatte er zu mir gesagt. Er wollte das Geld nicht für sich. Und du hast ihm keins gegeben.

– Das findest du falsch?

Max schweigt. Dann schüttelt er den Kopf.

– Weiß nicht, sagt er. Für Mama ist alles klar. Papa war ein Arsch, sagt sie. Bei dir, dachte ich, wäre es anders. Weil du doch am Gericht arbeitest und für die Gerechtigkeit oder so. Aber jetzt findest sogar du, dass man sich um Papa nicht kümmern musste. Obwohl er dein Bruder war. Weiß nicht, ob das gut ist. Ich finde das nicht gerecht. Wenn ich erwachsen wäre, würd ich das anders machen.

Ich sehe ihn an, die glänzenden Stellen in seinem Gesicht, die Akne unter den Wangenknochen und die Äderchen in seinen Augen und diese Traurigkeit und denke: Ich hätte das auch nicht gerecht gefunden, als ich so alt war wie du. Ich hatte ganz andere Vorstellungen als heute. Alles, dachte ich damals, kann man besser machen, man lässt es einfach hinter sich und baut das Eigene dagegen, das dann genau so da steht, wie man es für richtig hält.

Ich hoffe, dass Max seine Frage von vorhin vergessen hat, die Frage nach der Kraft. Er zieht einen Ast aus dem Unterholz, lang und dick wie ein Spazierstock, nimmt sein Taschenmesser und beginnt, die äußere Rinde abzuschälen. Er macht das geschickt, die Rinde löst sich in langen Spiralen vom nackten, weißen Holz und fällt unter seinen Händen zu Boden, dabei geht er weiter, ohne den Blick vom Ast abzuwenden, Schritt für Schritt, ins Schnitzen versunken. Dann steckt er das Messer weg, holt weit aus und schleudert den geschälten Ast übers Schilfgras in den See.

– Wart kurz, ich dreh mir eine, sagt er und deutet auf eine Packung Tabak.

Ich bleibe stehen. Der nackte Ast taumelt noch auf der Wasseroberfläche, Max hat nur knapp übers Schilfgras ins Seichte geworfen. Die große Wurfgeste, der Absturz nach drei Metern: Micha wäre das peinlich gewesen, vielleicht ist es Max einfach egal.

Er hält den Filter mit den Lippen fest und legt ihn ganz zuletzt in die mit hellbraunem Tabak gefüllte Mulde aus Papier, sorgsam, als müsse er jemanden schützen.

– Woher weißt du, wofür er das Geld wollte?, frage ich.

– Hat Papa mir erzählt. Am Tag bevor er ... Davor war er bei Mama. Sie haben sich furchtbar gefetzt, Mama hat geschrien: Da hast du deine Wahrheit, du elender Wichser, mach doch, was du willst, und dass er verschwinden soll und dass er es ja nicht anders gewollt hat, solche Sachen. Hinterher hat sie mir ihren Hals gezeigt, er hatte da reingedrückt, das sah man. Er war ziemlich kaputt drauf, als er in mein Zimmer kam, mit dem ganzen Blut, das ihm aus der Nase rauslief. Es ist beschissen gelaufen zwischen deiner Mutter und mir, und zwischen dir und mir ist es auch beschissen gelaufen, hat er gesagt, kein Wunder. Und dass er früher gern gehabt hätte, dass ich anders wäre als er. Aber wenn ich dich so ansehe, hat er gesagt, ist überhaupt nichts anders, obwohl du vielleicht gar nicht mein Kind bist. Dann hat er geheult und gesagt, dass es eine Gitarre war, die er mir damals kaufen wollte.

– Das war sein Versprechen?

– Eine Gitarre und Gitarrenunterricht, ja. Er

hatte gehofft, ich würde ein großer Gitarrist. Einer, der es der Welt zeigt. Aber als ich dann wirklich zwölf wurde, bekam ich nichts von ihm. Nada. Niente.

– So ein Schwachsinn, sage ich, diese riesigen Hoffnungen, die er dir da gemacht hat. Man muss kein Star sein. Es genügt schon, sich nicht laufend selbst zu bemitleiden.

Mein Bruder macht mich wütend, immer noch. Max bemerkt es, er sieht mich verwundert an.

– Das war kein Selbstmitleid, das war was anderes. Ich hab ihn angeschrien, dass er aufhören soll mit seiner Scheißgitarre.

– Trotzdem: Du hast überhaupt keine Schuld. Das ist alles viel komplexer.

– Komplexer. Das weiß ich auch, sagt Max.

– Hast du eine Freundin?

– Keine Ahnung, kann sein. Ist noch nicht so lange.

– Weißt du was? Wenn das hier alles rum ist, ich meine, wenn wir alle nicht mehr so traurig sind und ich wieder zu Hause bin, besuchst du mich mit deiner neuen Freundin. Ich habe Platz, ihr könnt das Gästezimmer nehmen, wir gehen uns bestimmt nicht auf die Nerven. Ihr erkundet die Stadt und ich krieg raus, welche Clubs gerade angesagt sind. Deiner Freundin gefällt das bestimmt. Du kannst immer noch alles ganz anders machen als Micha, weißt du das?

Max zieht die Augenbrauen hoch. Er schweigt eine Weile. Als wir den Campingwagen erreicht haben, sagt er:

– Ich frag sie mal.

∼

Max isst mit Frau Köhler und mir zu Mittag. Leberkäse, Spiegelei und Kartoffelsalat, sein Hunger ist groß. Frau Köhler schiebt ihm immer neuen Kartoffelsalat zu und genießt es, einen Gast mit Appetit zu haben.

– So einen Bärenhunger hatte mein Sohn auch, sagt sie, der hätte mir noch den Busen abgefressen, hungrig, wie der war.

– Wenn Sie so schauen, sagt Max, sehen Sie aus wie meine Oma.

– Wie Oma?

Max deutet auf mich.

– Ihre Mutter.

Frau Köhler ist das nicht recht.

– Ich bin doch mit Sicherheit sehr viel jünger als ...

– Max mochte sie sehr. An den Wochenenden war er oft bei ihr. Erinnerst du dich, Max? Du hast in Michas altem Zimmer auf der Matratze geschlafen. Der Max ist mein Altersglück, hat meine Mutter immer gesagt, der macht mich noch mal richtig froh.

– Wie traurig es für dich gewesen sein muss, sie zu verlieren. Wahrscheinlich trägst du deshalb so fürchterliche Klamotten. Schwarz wie der Tod läufst du herum. Bei herrlichstem Sonnenschein!, sagt Frau Köhler.

– Können wir mal von was anderem reden als vom Tod? Max wendet sich Frau Köhler zu.

– Was macht Ihr Sohn jetzt?

– Der ist in Amerika.

– Waren Sie schon mal da?

Frau Köhler schüttelt den Kopf.

Sie bietet an, einen dritten Liegestuhl für ihn zu holen, damit er sich mit uns in die Sonne legen kann, Siesta machen, sagt sie, eine jede Siesta verlängert das Leben, auch das eines jungen Menschen, aber Max schüttelt den Kopf, er hat die Schule geschwänzt und muss zurück nach Hause, bevor Susi für eine Stunde aus dem Laden nach Hause kommt.

– Sag ihr nix, bittet Max, sie wird sonst brutal.

– Brutal?

– Ich nenn das nur so. Wenn sie wieder ausflippt und rumbrüllt, meine ich. Aber da schalt ich auf Durchzug. Man gewöhnt sich dran. Am schlimmsten ist es, wenn sie zu wenig geschlafen hat. Gestern war sie doch ewig mit dir aus. Dann kam noch einer ihrer Typen und hat Sturm geklingelt.

– Ein Typ? So spät?

– Der mit dem Motorrad. Heute Morgen hat sie nicht aus den Augen gucken können. Wenn ich ihr dann noch mit der Schwänzerei komme ... Du hältst dicht?

Ich verspreche es ihm und will den Arm um seine Schultern legen, aber ich bin zu klein, ich müsste auf Zehenspitzen stehen, um ihn umarmen zu können.

– Möchtest du immer noch eine Gitarre haben?, frage ich stattdessen.

– Ich hab ja eine, sagt er, ersteigert. Susi hat einen Lehrer für mich gefunden, der das billig macht. Ich hab sogar eine Band. Aber ich üb zu wenig, ich bin halt genauso ein faules Schwein wie mein Vater.

– Bringst du die Gitarre mit, wenn wir uns mal wieder sehen?

– Schaun wir mal, sagt er und geht zu seinem Mofa. Freitag ist Auftritt, beim Dorffest. Ich hab erst gedacht, ich sag das ab wegen Papa. Aber die von der Band lassen nicht locker. Also, wenn du kommen willst, es kostet nichts.

Er lächelt, und für einen Moment sehe ich etwas, das mit meinem Bruder nichts zu tun hat und auch nicht mit Susi, und ich denke an das Gesicht des Komantschen in jenem Sommer.

– Wisst ihr, was wir hier gerade tun?, sagte der Komantsche.

Wir lagen auf dem Steg, halb nackt, einer ganz nah neben dem anderen. Das Holz kratzte im Rücken, die Sonne blendete, wir hatten die Augen geschlossen. Im Wasser kühlte Bier, wir hatten Chips und Flips, Likör und Saft dabei und eingeschweißten Käse von meiner Mutter.

– Keine Ahnung, murmelte mein Bruder, was meinst du denn, was wir hier gerade tun?

Ein paar Minuten lang sagte der Komantsche gar nichts. Ich wandte ihm den Kopf zu und sah ihn an.

– Wir vergeuden unsere Jugend, sagte er und grinste.

～

Erst als Max weg ist, kommt der Verdacht. *Obwohl du vielleicht gar nicht mein Kind bist. – Was soll Max für eine Ahnung haben, um Himmels willen? Max ist Max.* Der Komantsche streichelt Susis Bauch, er macht Pläne, was aus dem Kind, das da wächst, werden wird, lauter Pläne, an die einer wie er sich niemals hält, das ist Susi klar. Sie wäscht sich Hände und Gesicht und sprüht das Haar mit Parfum ein, bevor sie von dem Komantschen zu meinem Bruder geht und dessen Küsse abwehrt, weil sie müde sei und bald schlafen müsse, nein, nicht mit ihm, allein, vielleicht könne er auf dem Sofa im Wohnzimmer ... nur diese Nacht, bitte. Sie liegt auf dem Sofa und denkt nach. Dreizehnte Woche, sie hat zu lange gewartet, Micha mag Kinder, er will Susi ganz für sich, es wird ihr nicht schwerfallen, ihn dafür zu gewinnen, zu heiraten und eine Familie zu gründen. Das Gespräch, das Micha und Susi führen, ist lächerlich:

– Es war das geplatzte Kondom, sagte Susi.

– Aber es ist doch gar kein Kondom geplatzt, sagte mein Bruder.

– Doch, weißt du das nicht mehr?

Es klingt so schlüssig. Ich muss mit Joe darüber sprechen, auch was noch unklar ist, müssen wir besprechen, und was ich nicht verstehe: dass der Komantsche wieder im Tal aufgetaucht ist. Wir haben ihn alle in der Hand, denke ich, noch immer könnte einer von uns seinen Schwur brechen und ihn anzeigen. Ich frage mich, warum er uns nicht fürchtet. Mir fällt nur eine logische Antwort ein. Er fürchtet uns nicht, weil er nichts zu fürchten hat.

Ina geht an den Apparat, sie klingt genervt.

– Ach, du bist's. Hör mal, sagt sie und hält das Telefon ins Wohnzimmer.

Mia schreit. Jan weint sein glucksendes, kleines Weinen.

– Schönes Chaos, was? Irgendwann erschlägt sie noch ihren kleinen Bruder, da kannst du Gift drauf nehmen. Joe ist bei der Arbeit, jedenfalls tut er so. Is' irgendwas? Kann ich dir helfen?

– Richte ihm einfach aus, dass es gut war, Susi zu fragen.

– Was zu fragen?, fragt Ina.

– Nach Max.

– Max, der arme Kerl, sagt Ina, der tut mir wirklich leid. Kümmerst du dich denn auch um ihn?

– Ich tu, was ich kann, behaupte ich.

~

Susi steht in ihrem Laden. Sie wirkt unausgeschlafen, aber gut gelaunt.

– Hey, sagt sie, frische Luft getankt? Lust auf ein paar neue Klamotten? Ich hätte da was, das würde perfekt zu deinen schmalen Schultern passen.

– Ich habe gestern etwas vergessen, sage ich.

– Vielleicht, mich auf einen Absacker einzuladen?

– Ich habe vergessen, dir zu sagen, dass die

Sache mit Frank wieder aufgerollt wird. Seine Mutter will einen Anwalt einschalten.

– Ach, deswegen kommst du den ganzen Weg zu mir geradelt. Wegen so einer alten Geschichte.

Susi spielt an den Tasten ihrer rosa Kasse herum.

– Hast du der guten Frau denn was erzählt?, fragt sie schließlich.

– Bisher nicht.

– Aber wie kommt sie dann auf diese verrückte Idee?

– Sie hat ein Tagebuch von Frank gefunden, in dem steht, dass er Angst vor uns hatte. Wir hätten ihn gemobbt. Er formuliert das nicht genau so, aber es ist das, was seine Mutter denkt. Wir haben ihn gemobbt und gezwungen, da runterzuspringen. Oder sogar runtergeschubst.

– Wer wir?

– Micha. Der Komantsche.

– Wer noch?

– Ich. Obwohl alle wissen, dass ich gar nicht dabei war.

– Und?

Ich zögere. Soweit ich weiß, steht in dem Tagebuch nichts von Susi. Es ist ein Versuch.

– Du.

– Ach.

Susi lacht nervös und zieht an dem Hebel ihrer Kasse. Begleitet von einem Rasseln, springt die Lade mit den Münzen heraus. Susi sucht in ihrer Jeanstasche nach Kleingeld und verteilt es in den Fächern.

– Vielleicht waren es auch nicht alle, sondern nur einer von uns, sagt Franks Mutter. Micha hat sie deswegen schon zu sich gerufen, am Tag vor seinem Tod.

– Und?, sagt Susi gleichgültig. Hat er die Klappe ganz weit aufgerissen und den Komantschen verpfiffen?

– Ich glaube nicht, dass er irgendwas erzählt hat.

– Gut so, sagt Susi.

– Solltest du dem Komantschen also zufällig begegnen: Vielleicht rätst du ihm, sich für eine Weile zurückzuziehen. Bis alles ausgestanden ist.

– Oh, da steigen ja richtig Gefühle hoch. Ich dachte schon, du wärst völlig verkopft. Alte Liebe rostet nicht, wie? Oder hast du etwa Angst um deine Karriere? Falschaussage, ein Bruder, der einer Mobberclique angehört hat: Das wäre ziemlich mies, stimmt's?

– Denk, was du willst.

– Mach ich eh.

– Aber da wäre noch was.

– Hm?

– Warum hast du mir nicht gesagt, dass Micha vergangenen Sonntag bei dir war?

Sie lacht wieder und lässt das Münzfach in die Kasse zurückschnappen.

– Warum sollte ich dir irgendwas verschweigen wollen! Wir hatten Streit, wie immer. Geldsachen. Wie viel er für Max blechen wollte. Solche Dinge. Dass du immer noch glaubst, ich verheimliche was vor dir, finde ich nicht besonders nett von dir.

– Stimmt, sage ich im Gehen. Aber was ist schon nett.

～

Auf dem letzten Stück des Landwirtschaftswegs, der zum See führt, kommt mir ein Taxi entgegen, und vor meinem Wagen steht die Reisetasche aus Segeltuch mit den ledernen Ecken, die ich kenne, und ein Rucksack und mein kleiner Koffer und eine eckige Papiertasche mit der Aufschrift der Konditorei schräg gegenüber meiner Wohnung.

– Er ist gerade schwimmen gegangen, sagt Frau Köhler, die mich schon auf der Treppe vor ihrem Wagen erwartet. So ein höflicher Mensch, ich hab mir gleich gedacht, dass das Ihr Luis sein muss, diese feine Art und dann das Taxi. Mit dem Taxi ist hier noch keiner vorgefahren, das hab ich wirklich noch nicht erlebt. Es ist ein bisschen verschwenderisch, finden Sie nicht, aber wenn man's hat, warum soll man es nicht ausgeben, gell? Sie hatten ja völlig unrecht, dass dieser Mann nicht hierherpasst. Er hat mir gleich gestanden, wie gut es ihm gefällt.

Sie sieht mich unsicher an.

– Sie bleiben doch noch ein paar Tage, oder? Es ist Ihnen nicht zu eng mit Ihrem Freund in Ernas Wagen? Wir könnten einen zweiten, größeren Wagen für Sie beide organisieren, zu einem günstigen Preis. Und noch mal Max einladen, dem Jungen tut die Übernachtung in der Natur auch gut. Ich müsste mich nur ein bisschen umhören, dann finden wir einen Platz.

– Warten Sie mal ab, sage ich, ich hab ja noch gar nicht mit Luis gesprochen.

– Aber ich! Und wir waren uns einig, dass schäbige Hotelzimmer das Trübsinnigste sind, was man einem Menschen antun kann. Ich hab ihm gesagt, wie wohl Sie sich bei mir fühlen, das stimmt doch. Das steht Ihnen direkt ins Gesicht geschrieben. Dieser Luis passt viel besser zu Ihnen als der sportliche Kerl mit dem kleinen Mädchen, der neulich hier war, das sehe ich auf einen Blick. Der ist viel zu leichtfertig für eine

Frau wie Sie. Mit der nächsten jüngeren Blondine zieht der um die Ecke, egal, wie schlicht die im Kopf ist. Bei solchen Typen sag ich immer: Hauptsache Körbchengröße C.

– Mag sein. Aber jetzt möchte ich zum Steg gehen, um Luis zu begrüßen.

– Aber ja, natürlich, wenn ich Sie beide später zum Grillen einladen darf?

– Sie dürfen, gern.

～

Es ist sehr dunkel in Ernas Wagen, ich sehe kaum Luis' Gesicht. Wir haben den ganzen Abend mit Frau Köhler gegrillt und als Nachtisch Kuchen aus der Konditorei gegessen und Wein getrunken, den Luis mitgebracht hat, guten Wein von dem Weingut, das ihm jedes Jahr ein paar Kisten zuschickt. Frau Köhler war er zu herb, sie hat sich geschüttelt, aber anerkannt, dass es ein nobler Wein sein muss.

– Vom Etikett her, hat sie gesagt und angefangen, von früher zu erzählen, als sie und ihr Mann Amselfelder aus dem Supermarkt zu einer Mark neunundneuzig tranken oder Lambrusco aus der Zweiliterflasche.

– Den hab ich auch getrunken, rief Luis dazwischen, mit dem Strohhalm, in der Sonne, damit es richtig wirkt!

–Genau so, hat Frau Köhler gesagt, man darf das ja nicht zu laut rausposaunen heutzutage, wo sie nicht nur die Raucher, sondern auch die Trinker auf dem Kieker haben. Aber wirken soll es doch!

Und dann hat sie Lieder von damals dargebracht und Luis versuchte, das begleitende Akkordeon dazu zu singen, es hörte sich grauenhaft an und ich rief *Bu* und zugleich *Bravo*, weil ich der einzige Zuhörer war. Wir hatten es nie so lustig miteinander.

–Was für eine albtraumhaft verschwatzte Nachbarin du hast!, flüstert Luis. Wir müssen flüstern, damit Frau Köhler uns nicht drüben im Wagen hört.

–Und wie es dir gleich gelungen ist, sie um den Finger zu wickeln!, flüstere ich zurück.

–Weil sie dich so mag, das hat mich für sie eingenommen.

–Sie mag mich?

–Weißt du das nicht?

–Ich mag sie auch. Obwohl sie eine unmögliche Person ist.

–Und mich? Magst du mich noch? Bin ich auch eine unmögliche Person, die du magst?

–Magst du mich denn?

–Und wie.

–Wieder?

– Immer noch.

– Und die andere sitzt auf deinem Sofa und weiß von nichts?

– Und die andere sitzt auf ihrem Sofa und weiß alles.

– Ihr seid nicht mehr zusammen?

– Nein.

– Weil sie dich nicht mehr wollte?

– Nein.

– Weil es nicht mehr gepasst hat?

– Nein.

– Weil …

– … ich zu dir zurück will. Jetzt.

~

– Ich fürchte, sagt Frau Köhler, ich muss jetzt doch den Preis für den Wagen verdoppeln, wo Sie nun zu zweit sind und zwei Frühstücke einnehmen.

– Und ich für drei esse, sagt Luis. Klar dürfen Sie die Preise erhöhen, Sie sind ja Monopolistin hier am See. Aber dann sagen Sie mir auch, wo ich ein Fahrrad leihen kann.

Frau Köhler gibt ihm ihrs.

– Fünf Euro. Weil Sie's sind.

– Zehn. Damit ich es morgen noch behalten kann.

Frau Köhler legt den Kopf schief.

– Vielleicht interessieren Sie sich für einen Stellplatz?

– Warum nicht?, sagt Luis.

Frau Köhler verschränkt die Arme vor der Brust.

– Früher waren Stellplätze sehr begehrt. Ich hätte Sie abwimmeln müssen. Erna, hab ich immer gesagt, wer hier mal war, der kommt hundertprozentig wieder. Der Platz ist propenvoll! Aber Erna hat widersprochen: Schau doch genau hin. Jedes Jahr leert es sich. Und sie hat recht, meine Erna! Hier geht alles zugrunde. Ich hab das in der Nase, ein paar Jahre, und dann ist es aus mit dem Camping am See. Aber ich verspreche Ihnen: Wir können die Entwicklung aufhalten, das geht immer! Ich vermittle Ihnen einen Stellplatz. Oder zwei. Wenn auch nicht direkt am See. Eher dritte Reihe. Man braucht etwas Geduld. Die Zeit arbeitet für einen. Irgendwann sind Sie in der Bestlage angelangt.

– Also ich ..., sage ich.

– Ich überlege noch, sagt Luis.

Wir schieben unsere Räder am Jugoslawen vorbei Richtung Straße.

Als wir außer Hörweite sind, stelle ich mich Luis in den Weg.

– Was soll das heißen, du überlegst noch? Spinnst du? Ich wohne hier nicht, auf keinen

Fall! Kaum bist du da, willst du alles bestimmen!

– Den Ton kenn ich doch, sagt Luis.

Er schwingt sich auf Ernas Fahrrad, ich ziehe an ihm vorbei, hintereinander fahren wir über die aufgebrochenen Äcker nach Munzing, wie wir es vereinbart haben, vorbei an dem weißen Haus, in dem ich früher gewohnt habe, an meinem Kindergarten, an meiner Schule und der plattgewalzten, dem Sportplatz zugeschlagenen Stelle, wo die Baracke stand.

Lustlos zeige ich Luis Susis Laden und die Butzenscheibenbar, in die Max abends mit seinen Kumpels geht, bevor er die Discos in den Nachbargemeinden abklappert. Wir machen einen Schlenker ins Oberdorf, wo Joe lebt, vorbei an den Carports, ausladenden Terrassen und dichten Buchsbaumhecken, hinter denen sich Familien wie seine verschanzen.

– Aha, sagt Luis und sieht mich von der Seite an, hier wohnt also Joe. Später radeln wir die Ränder des Dorfs entlang, dort, wo die Mehrfamilienhäuser von Munzing in die Mehrfamilienhäuser von Petersbach übergehen. Am Fluss, der sich durch die Petersbacher Futtermaisfelder schlängelt, hält Luis an. Erst ein paar hundert Meter weiter bemerke ich, dass ich ihn verloren habe. Er steht am Ufer und zieht die

Schuhe aus, krempelt die Hose hoch und deutet auf einen großen, flachen Felsen im Wasser, und ich werfe das Rad ins Gras und folge ihm barfuß über die von der Strömung umspülten Steine. Im Hochsommer, in der Mittagshitze, muss es wunderbar sein, hier zu schwimmen, das Wasser an manchen Stellen hüfttief, der Fluss von schattigen Bäumen und Erdbeerfeldern gesäumt und abgelegen genug, alles Gewohnte hinter sich zu lassen. Für einen Moment wünsche ich mir, eine andere Frau zu sein, in einer Zeit vor meiner eigenen, vorbehaltlos verliebt in einen Mann, mit dem ich keine Vergangenheit teile, nur Komplizenschaft.

Aber hier sind wir, Luis und ich, wie wir immer waren, es ist herbstlich, das Wasser eiskalt, mich fröstelt, kein Gedanke daran, nackt zu sein, einzutauchen, zwischen seinen Beinen hindurchzuschwimmen. Die Steine sind glitschig, ich schlittere, rutsche mit dem Fuß ins Wasser, es gelingt gerade noch, mich aufrecht zu halten. Luis bemerkt es und nimmt meine Hand, langsam balancieren wir flussaufwärts, bis wir den Felsen erreichen, der groß genug ist für zwei und trocken und sehr warm von der Sonne. Als wir nebeneinandersitzen, sagt Luis:

– Lass uns nicht streiten. Nicht so wie früher.

– Nur unter der Bedingung, dass du …

– Sag einfach ja.

– Vielleicht, sage ich.

Erst am späten Nachmittag, als wir auf dem Steg am See liegen, stellt Luis die Frage. Ich antworte nicht sofort. Er entschuldigt sich:

– Ich sollte dich das nicht fragen.

– Frag ruhig. Ich weiß nur nicht, was ich sagen soll. Es passt noch nicht alles zusammen.

– Das meinte ich nicht. Ich meinte, ich sollte dich nicht nach deinem Bruder fragen, bevor ich dir etwas gezeigt habe. Ich hätte es dir schon gestern zeigen sollen, ich konnte nicht, ich hatte Angst, alles zu verderben. Es tut mir leid.

Er steht auf und schlingt sich ein Handtuch um die Hüfte.

– Warte kurz hier, ich hole es.

Ich sehe ihm nach, seinem schmalen, nur an den Armen gebräunten Körper, und fürchte auf einmal, dass der Abend und die Nacht und dieser Tag mich nur stabilisieren sollten für das, was jetzt kommt. Er bleibt noch ein bisschen, man braucht das manchmal, einen Nachklapp und dann ist es endgültig vorbei und er verlässt mich für immer. Er zeigt mir ein Foto von einer anderen Frau, irgendwas, das uns für immer entzweit, denke ich, als er auf mich zukommt, den weißen Umschlag in der Hand.

– Hier, sagt Luis. Das war in deiner Post. Ein Brief von deinem Bruder.

~

Ich habe Michas Brief nicht gleich gelesen, und es hat eine Weile gedauert, bis ich verstanden habe, was darin stand, und noch länger hat es gedauert, gemeinsam mit Luis herauszufinden, was jetzt zu tun ist. Micha hat den Brief am Tag seines Todes eingeworfen, zusammen mit dem Brief an Susi. Ich weiß nicht, was in Susis Brief stand, von dem sie behauptet hat, ihn weggeworfen zu haben, irgendwohin, sie wisse nicht mehr, wann und wo. Aber ich nehme an, der Inhalt war ein völlig anderer. Er wollte nicht, dass sie weiß, was er mir erzählt. Er wollte mich schützen.

Luis las den Brief zuerst.

– Lies ihn, sagte ich zu Luis, damit ich weiß, was mich erwartet und vorbereitet bin. Vorwürfe, Hass, Selbstmitleid, alles ist Micha zuzutrauen.

– Jedem in seiner Situation wäre all das zuzutrauen, sagte Luis. Vergiss nicht, dass er krank war. Er hätte behandelt werden müssen.

– Er hätte sich niemals behandeln lassen.

– Auch das hat mit seiner Krankheit zu tun.

Luis zog den Brief aus dem Umschlag und faltete ihn auf, ich habe gesehen, dass es ein handgeschriebener Brief war, der aus einem kleinen Stoß karierter Zettel bestand. Viel passte auf die Zettel nicht drauf. Luis las unter Ernas Nachttischlampe, den Kopf gebeugt, so dass ich seinen Gesichtsausdruck nicht sehen konnte, er las einen Zettel nach dem anderen und nahm sich jeden noch ein weiteres Mal vor. Dann sagte er:

– Es ist anders, als du vielleicht denkst. Es geht ihm nicht um dich oder sich. Jedenfalls nicht vorrangig.

Er blättert noch mal in den Zetteln.

– Nur ein Satz handelt von euch. Etwas Versöhnliches, womit du gut leben kannst.

– Worum geht es dann?

– Es ist ein Brief, den du der Polizei geben sollst. Er will das so, und wahrscheinlich musst du es tun.

Ich sehe zum Schwimmbagger hinüber, dessen Konturen sich im Licht der Dämmerung allmählich auflösen.

– Geht es um Susi?

– Es ist ein Brief über Susi, ja.

∼

Wir fahren nach Petersbach und dann links zu dem Hügel hinauf, auf dem das Pflegeheim steht, das ich schon kenne, ein altes, zitronengelbes Gebäude mit einem flachen neuen Trakt ganz aus Glas. Erna konnte sich das leisten, sie hatte genug Geld, in dieser Gegend hat sich der Kiesabbau rentiert. Luis und ich gehen an den Hydrokulturpflanzen hinter Frau Köhler her, die Haupttreppe hinauf, zu Fuß in den dritten Stock, weil ich mich weigere, den Aufzug zu nehmen. Wir sind außer Atem, als wir oben ankommen. Erna sitzt in ihrem Rollstuhl im Vorraum, wie beim letzten Mal, aber diesmal wirkt sie nicht zornig, sondern schwerkrank und sieht uns an, ohne die Miene zu verziehen.

Frau Köhler fasst Erna am Arm.

– Rate, wo wir gleich hinfahren. Zur Polizei! Für eine Aussage wegen Frank!

Luis streckt seine Hand aus.

– Guten Tag, sagt er, ich bin Luis, der Freund von Anna. Dürfen wir uns zu Ihnen setzen?

– Wir müssen Ihnen etwas erzählen, sage ich, ziehe einen Stuhl ganz nah an Erna heran und beginne. Nichts soll mehr verschwiegen, niemand geschützt werden. Micha wollte es so. In Ernas Versteinerung hinein erzähle ich, was ich über jene Nacht vor über zwanzig Jahren weiß. Wenn ich nicht weiterkann, hilft mir Luis. Er sagt: Du musst sagen, was Frank gesehen hat. Und: Womit hat er gedroht? Er hat Susi und den

Komantschen gesehen, erzähle ich, vom Schwimmbagger aus. Joe schlief, mein Bruder kotzte sich auf dem Klo aus, Susi und der Komantsche waren verschwunden. Frank stieg hoch auf den Schwimmbagger, um einen Überblick zu haben, und sah die beiden, nackt und ganz nah unter sich im Schilf. Ich sage es Micha, rief er, ich sage es Micha und Anna. Er triumphierte, er konnte nicht an sich halten. Susi sagte: Das tust du nicht. Aber Frank war besoffen und fühlte sich mutig. Er rief: Ich sage es Micha gleich, wenn er vom Klo zurück ist. Susi warf ihre Bluse über und kletterte den Schwimmbagger hinauf.

– Das tust du nicht, du verdammtes Arschloch, sagte sie und ging mit geballten Fäusten auf ihn zu.

Der Komantsche stand unten und zog die Jeans hoch. Lass gut sein, rief er beim Schließen seiner Gürtelschnalle, der kommt schon von selbst runter. Überlass ihn einfach mir. Aber Susi stand schon bei Frank. Sie rastete einfach aus. Sie kauerte noch da oben, als mein Bruder angerannt kam, er hatte die Schreie gehört. Für einmal traute er sich den Bagger hinauf. Ich hab ihn runtergestoßen, er liegt da unten, ganz kaputt, ich halte das nicht aus, wimmerte sie. Mein Bruder verstand sofort, was er tun musste. Er legte den Arm um Susi, sie stiegen den Schwimmbagger runter, holten Frank aus dem Wasser und versuchten, ihn wiederzubeleben, vergebens. Micha flüsterte. Das braucht niemand zu erfahren, sagte er. Joe schläft. Niemand muss erfahren, was passiert ist. Wir halten zusammen, ich und du, klar? Wir sagen dem Komantschen, dass er verschwinden muss, sonst verpfeifen wir ihn. Zwei gegen einen. Wir behaupten, dass wir ihn gesehen haben. Er war es. Er muss für immer verschwinden. Wir müssen ganz sichergehen, dass er das Maul hält. Der Polizei sagen wir, dass es ein Unfall war. Susi nickte. Micha hielt nach dem Komantschen Ausschau, er wollte ihm drohen, den einzigen Mitwisser ins Nichts zurückschicken, aber das war gar nicht nötig, sie hörten noch, wie die Enduro aufheulte, der Komantsche verschwand von selbst.

Ich weiß nicht, ob Erna das alles versteht und ob sie der Zusammenfassung dessen, was danach geschah, überhaupt folgt. Wie Micha Susi jahrelang schützte und deckte und festhielt, wenn sie sturzbetrunken losziehen und alles der Polizei sagen wollte. Wie er glaubte, alles habe sich endgültig beruhigt, bis er an Pfingsten in den Dolomiten den Komantschen traf und erfuhr, dass Susi ihn jahrelang betrogen hatte. Wie er argwöhnte, dass Max nicht sein Kind sei. Wie

Susi auf einmal behauptete, dass der Komantsche sie seit der Begegnung in den Bergen er-
presse, und wie sie Micha verzweifelt um Geld
bat: Gib es mir, sonst ist mein Leben ruiniert
und das von Max dazu und deins auch, du hast
doch immer alles gewusst. Mein Bruder trieb
das verlangte Geld auf, immer größere Sum-
men, er irrlichterte durchs Internet, besorgte
die Fachbücher, die er mir vermacht hat, trieb
sich in Foren herum, lernte schnell, Codes und
Kennwörter zu knacken, fing Geld ab, kaufte
verbotene Spiele ein, auch mal eine Waffe, alles
zum Spottpreis, und verscherbelte es wieder unter der Hand. Mehrmals dachte er, es sei aus,
man sei ihm auf den Fersen und werde ihn einbuchten und alles käme raus. Dann traf er Erna,
die ihn beschuldigte, Frank getötet zu haben,
und ankündigte, der Sache nachzugehen. Er
fuhr zu Susi, ein Überraschungsbesuch, er wollte sie warnen. Aber an diesem Abend stand vor
Susis Tür das mächtige Motorrad, das Micha
schon kannte. Er wartete, bis der Komantsche
verschwunden war, dann ging er hoch. Ich zeig
dich an, rief er. Susi verspottete ihn. Du kannst
mir nichts anhaben, sagte sie, der Komantsche
und ich sind uns längst einig. Zwei gegen einen.
Notfalls sagen wir gegen dich aus, Micha der
Kriminelle, Micha der Hehler, Micha der Mör-

der, das wird nicht schwer, sagte sie. In seiner Verzweiflung hätte er Susi beinahe den Hals zugedrückt. Stattdessen ging er hinüber zu Max und weinte.

Erna sitzt so versteinert da, dass ich vermute, sie hat gar nicht zugehört.

– Was haben Sie denn mit meiner Erna gemacht?, sagt die Krankenschwester, die schon seit einer Weile in der Tür steht, die linke Hand fest um das Kreuz geschlossen, das vor ihrer Brust baumelt.

– Diese vielen Besuche von Fremden tun Erna überhaupt nicht gut. Ich seh das doch. Man muss den kranken alten Leuten ihre Ruhe lassen. All diese Fremden mit ihrer Dringlichkeit. Ich sag immer: Altsein ist kein Zuckerschlecken.

Sie streichelt Erna übers Haar.

– Keine Sorge, Schwester Barbara, sagt Frau Köhler. Das war's fürs Erste mit fremden Besuchern.

Als wir gehen, hebt Erna kaum den Kopf. Für sie liegt kein Trost in dem, was mein Bruder hinterlassen hat. Aber ich finde Trost darin, ein ganz klein wenig Trost jedenfalls, Luis hat recht: Mit den paar Zeilen, die mein Bruder mir schreibt, kann ich leben.

– Ich vermisse dich, Fünfzehndrei, schreibt er. Ich denk an unsere Höhle, weißt du noch, wir beide? Du schuldest mir gar nichts, aber ich bitte dich trotzdem: Kümmere dich um Max.

～

Auch diese Tage vergehen. Frau Köhler spricht immer häufiger vom Herbst und von der Einsamkeit in ihrer Wohnung, in die sie zurückkehren muss, wenn man am Campingplatz Wasser und Strom abschaltet. Ernas Wagen, so wurde entschieden, soll bei einem Bauern im Stall einquartiert werden, bis ein Kollege von Schwester Barbara ihn über Ebay versteigert. Frau Köhler selbst hat vor, am See noch mindestens einen weiteren Sommer zu verbringen.

– Vielleicht fliege ich im Jahr drauf zu meinem Sohn, für immer, sagt sie.

Sie verspricht, mir bei der Bestattungsfeier zu helfen, wenn es irgendwann, wahrscheinlich im Dezember, so weit sei. Susi kann mich nicht mehr unterstützen. Im Verhör hat sie alle Schuld auf Trajan geschoben.

– Trajan hat Frank vom Schwimmbagger gestoßen. Er hat mich jahrelang bedroht. Es war seine Idee, Micha zu erpressen. Er wollte Anna Angst machen für den Fall, dass sie von Micha irgendwas über die Erpressung weiß und ausplaudern will, sagte sie. Darum hat er sie mit dem Motorrad verfolgt. Sie nannte Trajans Adresse.

Ich werde ihm und Susi und Joe vor Gericht begegnen, wo man den Brief verliest, den mein Bruder an mich geschrieben hat, ich werde mich noch einmal an alles erinnern, ich fürchte mich davor. Luis hat angeboten, mich zu begleiten.

Im Munzing hat man unterdessen das jährliche Weinfest vorbereitet. Podien wurden gezimmert und Stellwände, Hinterhöfe geöffnet, Biertische aufgestellt und ein weißes Festzelt für den Fall, dass es regnet.

Aber am Freitag, dem letzten Abend vor unserer Abreise, ist es noch einmal warm und lau. Luis und ich schlendern durch die künstlich angelegten Gassen aus lackierten Pressspanplatten und Blumenranken, jeder von uns trägt ein kleines Glas mit sich herum, wir lassen uns hier und da einschenken, essen Käsewürfel und Speckkuchen und ziehen dann weiter zum Hauptplatz. Dort, auf dem großen Podium, tritt die Band von Max auf, Max als zweiter Gitarrist. Jetzt erst recht, haben die Jungs aus der Band zu Max gesagt, kommt nicht in Frage, dass du aussteigst, und Max hält sich dran. Wenige Zuhörer haben sich eingefunden, ein paar Jungs in Hoodys und knielangen, gemusterten Hosen, mit Baseballkappen auf dem Kopf und lässigen Mienen, stark geschminkte Mädchen in bunten Baby-Doll-Kleidern und Leggins, Erwachsene, wahrscheinlich

Eltern, die nicht aussehen, als hätten sie mit Rockmusik noch viel am Hut, und ganz vorn Frau Köhler, die sich gerade Watte in die Ohren stopft.

Max steht im Hintergrund der schlecht ausgeleuchteten Bühne, man nimmt ihn kaum wahr. Der Sänger mit dem blonden, dichten Pony und den Plateauschuhen ist viel hübscher, eine Rampensau, hat Max gesagt, er stiehlt jedem anderen Bandmitglied die Show. Die Dorfmädchen kreischen mit hochgereckten Armen zur Rampensau hinauf, zwei klettern mit gewisser Mühe auf die Bühne, um ihn zu küssen, er hält sie im Arm, eine links, eine rechts, und singt schunkelnd seinen Song zu Ende. Max, denke ich, befindet sich mal wieder im Abseits. Aber dann setzt irgendein röhrendes Rockstück ein, der Sänger tritt zur Seite, das Licht fällt auf Max und man sieht ihn rumwüten und toben und auf seine Gitarre einschlagen, als wolle er das Letzte aus ihr rauspressen, was er hat. Luis und ich fallen in das Johlen der Zuhörer ein, Max läuft der Schweiß über die Stirn ins Gesicht, im Schlussapplaus sieht er glücklich aus und für einen Moment gelingt es mir, nicht daran zu denken, dass sich in dem Brief meines Bruders noch ein zweiter befunden hat, einer an Max. Micha wollte, dass Max seinen Brief wirklich bekommt, er wollte verhindern, dass Susi den Brief abfängt und beseitigt und tut, als hätte es ihn nie gegeben, also werde ich Max den Brief geben müssen, noch in dieser Nacht, vor unserer Abreise.

Nach dem Konzert umarme ich Max und lade ihn noch einmal ein, mich zu besuchen.

– Ihr müsst nicht miteinander klarkommen, sage ich, weil Max Luis so skeptisch mustert. Luis wohnt nicht bei mir.

Max nestelt an seiner Gitarre herum.

– Erst mal schlaf ich aus und geh dann zu Frau Köhler und helf ihr mit dem Fernseher, sagt er. Da sind nämlich ein paar Programme kaputt. Stundenlohn: Steaks und Kartoffelsalat, so viel ich will. Das find ich ganz in Ordnung.

– Das ist sehr in Ordnung, sage ich. Dann drücke ich ihm den Brief in die Hand.

～

Seit einer Weile bin ich wieder zu Hause. Das Semester hat längst begonnen. Ich habe meine Kurse aufs kommende Jahr verlegt. Von Max höre ich nur, wenn ich ihn anrufe, und auch dann ist er wortkarg und scheu. Michas Brief schob er wortlos in die Innentasche seiner Lederjacke. Mir ist klar, dass ich nicht erfahren werde, was darin steht. Aber ich hoffe, es ist etwas Tröstliches dabei. Ein Hinweis darauf, dass alles nicht nur so, wie wir es uns jetzt erzählen, sondern auch ganz anders war und ist und sein könnte. Der Anfang einer neuen Spur. Etwas wie die Höhle, von der Micha mir geschrieben hat.

Wir haben häufig Höhlen gebaut, in der Erinnerung schiebt sich eine in die andere, ich habe auch von Höhlen gelesen und von Kindern, die sich darin besser zurechtfanden als anderswo. All die echten, erinnerten und erfundenen Höhlen addieren und verdichten sich, bis nur noch eine einzige übrig bleibt. Von Mal zu Mal sehe ich sie genauer vor mir. Es ist eine Höhle aus mehreren Bett- und Wolldecken, dem Couchtisch und ein paar Wohnzimmerstühlen. Alle Kopfkissen und Sofakissen und Balkonstuhlpolster, die wir hatten finden können, bildeten den weichen, bequemen Boden. Es war eng und stickig und sehr gemütlich in unserer Höhle, ab und zu lupfte einer von uns den Zipfel einer Decke und ließ Luft hinein, der Spalt musste klein sein, wir flüsterten.

– Pscht!, sagte mein Bruder.

– Ich mach doch pscht!, sagte ich.

– Die Feinde!, zischte er.

– Die hören mich doch nicht, wenn ich flüstere.

–Natürlich hören die dich, du Schnepfe! So leise kannst du gar nicht sein.

Plötzlich näherten sich Schritte. Ich drückte mich ganz fest an meinen Bruder, mein Herz schlug heftig, die Feinde, dachte ich, ich wusste: Jetzt ist es aus! Aber es war nur unsere Mutter, die uns durch den Höhleneingang mein Kindergartenfläschchen mit rotem Tritop reichte und belegte Brote. Sie schmeckten wie in dem Buch, das uns unsere Mutter gerade vorlas: nach Hammelkeule und Lagerfeuer und all den Abenteuern, die man nur zu zweit und in der Phantasie erleben darf, weil sie sonst keine Abenteuer sind, sondern Katastrophen.

Wir aßen und tranken, dann lehnte sich mein Bruder in den Kissen zurück.

–Soll ich dir was erzählen?, flüsterte er.

–Au ja, flüsterte ich.

–Es war einmal, flüsterte mein Bruder, ein böser Herrscher, der hetzte ein schreckliches Ungeheuer auf jeden, der ihm in den Weg trat. So!

Ich kannte die Geschichte, ich wusste, dass er gleich das Ungeheuer sein würde mit dem tödlichen Feueratem und den glühenden Augen. Ich kreischte.

–Zeit für meine tapferen Ritter, ins Bett zu gehen!, rief unsere Mutter.

– Siehst du, jetzt hat sie sich an uns erinnert!, zischte mein Bruder. Das kommt von deiner ewigen Kreischerei.

– Kommt es nicht!

– Kommt es doch!

Mein Bruder machte seine Stimme ganz tief.

– Meinen Sie nicht, gute Frau, dass diese beiden tapferen Kämpfer noch eine Weile in ihrer Höhle sitzen sollten? Um nach langem Ritt zwischen den Tälern die müden Knochen auszustrecken, will ich damit ausdrücken?

– Na gut, sagte unsere Mutter. Aber die Ritter sollten ihren Platz am Lagerfeuer keinesfalls verlassen. In der Dunkelheit lauern die schrecklichsten Gefahren.

– Keine Sorge, rief mein Bruder fröhlich, wir bleiben hier.